KB053485

누군가의 성취가 나를 우울하게 할 때

누군가의 성취가 나를 우울하게 할 때

유아란
에세이

서스테인

프롤로그

이 책의 시작이 된 칼럼 "누군가의 성취가 나를 우울하게 할 때"를 썼을 때 자신의 우울한 감정을 털어놓는 댓글들 사이로 유독 눈에 들어온 한 문장이 있었다.

"모두 각자의 삶에서 성취를 이루며 행복하길…"

그 댓글을 마주했을 때 나는 정체 모를 울렁거림을 느꼈다. 그 문장 하나가 나의 글을 스쳐지나간 이를 모두 한데 모아 꽉 안아주는 것만 같았다. 그 글에 공감하며 지나간 사람도, 댓글을 단 사람도, 글을 쓴 나까지도. 나이도, 얼굴도 모르는 이와 글을 매개로 이렇게 깊이 연결될 수 있다니!

곰곰이 생각해보면 처음 있는 일은 아니다. 그런 순간은 무수히 많았다. 실은 '그런 순간'들이 켜켜이 쌓인 덕에 지금의 내가 된 것일지도 모른다. 유난이라고만 생각했던 내 예민함이 온전히 받아들여지는 듯한 안정감, 우연히 접한 한 문장이 내 지난 우울을 전부 감싸주는 것만 같은 평안함, 이런 생각을 하며 살아가는 사람이 나 혼자가 아니라는 안도감, 글로 만난 누군가가 너는 유별나게 유약한 사람이 아니라며 나를 토닥여주는 듯한 그 포근함의 순간들 말이다.

그 '누군가'가 누구인지는 나도 정확히 설명하지 못한다. 그저 조금은 내향적이고, 예민한 영혼을 가졌으며, 그런 자신의 모습을 미워하기도 하고, 관계가 너무 힘들지만 그럼에도 주변 사람들의 세계가 궁금해 계속 탐구하기를 원하는 이들 정도랄까. 그들이 먼저 세상을 헤쳐나가며 쓴 글이 내겐 이정표처럼 다가온다. 미지의 대륙을 가장 먼저 탐사한 사람이 후대를 위해 설치한 아주 자세한 이정표. "너도 이 지점에서 깨질 수 있으니 조심하라"

라고 일러주는 친절한 이정표 덕에 나는 조금이나마 덜 힘들게 이 대륙을 횡단하는 것 같다. 나는 그렇게 그들의 따뜻한 글을 따라감으로써 힘들게만 느껴졌던 나의 내향성을 사랑할 수 있게 되었고, 관계에 좀 더 솔직할 수 있었으며, 세상을 다르게 바라보는 시선을 갖게 되었고, 누구에게도 받지 못한 위로를 받았다.

　이 책 역시 누군가에게 그러기를 바란다. 두루뭉술했던 당신의 마음을 적확하게 표현한 글을 단 한 문장이라도 이 안에서 만날 수 있기를, 그리고 그것이 정말 필요한 순간에 당신의 마음에 닿을 수 있기를. 이렇게 바라는 것만이 나를 위로해준 그 수많은 '누군가'에게 보답할 수 있는 유일한 방법이라고, 나는 믿는다.

차례

PART 2

느슨하고 적당하게, 하지만 다정하게
(feat. 내향인의 관계 맺기)

PART 3

나답게 살 때 가장 특별한 내가 된다

PART 1

서툰 나를
견디는 연습

누군가의 성취가
나를 우울하게 할 때

'…되게 열심히 사네?'

인스타나 블로그를 보다가, 이런 생각이 드는 계정을 발견하면 괜히 그들의 나이를 찾아본다. 나보다 언니일 때는 안심하고, 어리거나 동갑일 때는 그 페이지를 얼른 닫아버린다. 내 열등감을 그 사람들이 알아차리기라도 할까 봐 잽싸게.

나보다 어린, 혹은 동갑인 사람들의 성취는 나를 우울하게 한다. 이런 감정이 들 때마다 나도 내가 이해되지 않는다. 이 사람이 너보다 어리면 뭐? 얼굴도, 이름도 방금 알게 된, 너랑은 아무런 상관도 없는 사람에게 왜 열등감을 느껴? 왜 그 사람이 너의 우울의 원천이 되는 거야?

나도 모르겠다. 왜 이런 허상의 열등감을 느끼는지. 굳이 이유를 생각해보자면 나는 내가 아주 특별하고 재능 있는 사람이라고 생각해서, 언젠가 갑자기 성공할 것 같았고, 주변인에게 "너 진짜 멋있다"라는 소리를 밥 먹듯 듣고, 그러다가 나중에는 '유퀴즈'에 나오기도 하는… "걔 그렇게 성공했대"의 '걔'가 될 거라는 사실을 한 번도 의심하지 않았기 때문일까(물론 아무런 근거도 없다). 그런데 그런 사람들을 보면, 결국 내가 아무것도 아닌 평범한 사람이라는 현실을 깨닫게 되니까 괜한 열등감을 느끼는 것 같다. 이 세상의 주인공은 나인 줄 알았는데. 내가 받을 줄 알았던 스포트라이트가 죄다 그 사람한테 옮겨간 것 같달까? 다른 사람들도 다 이러는 걸까, 아니면 내가 음침한 걸까.

모든 사람이 이런 게 아니라면, 나의 원인은 공부를 잘

했던 학창 시절에서 찾아야 할 것 같다. 나는 늘 성적이 상위권이었고, 그래서 면학실에도, 기숙사에도 들어갔고, 선생님들도 나를 좋아했다. 그래서인지 그때부터 '난 특별하니까 어찌 됐건 성공할 거야!'라는 생각이 스멀스멀 자랐을지도 모른다.

근데 현실은 아니었던 거다. 세상에는 주인공이 되려면 갖추어야 하는 요소가 생각보다 너무 많았다. 사회성도 좋아야 하고(고등학교 때까지는 전혀 생각해보지 않았던 개념이다), 그럴싸한 대학생활을 위해서는 글도 잘 써야 하고, 패션으로 자기 개성도 나타낼 줄 알아야 한다. 공부 잘하고, 친구 많은 것이 평가 기준의 전부였던 열아홉 살의 우물에서 빨리 벗어났어야 했는데, 나는 그러지 못했다.

그렇다고 이제 와서 내가 특별한 사람이 아니라고 인정하자니 또 반발심이 생긴다. '왜 내가 나를 평범한 사람으로 정의해야 해?' 하고. 그래서 내 정체성에 대해 계속 고민했다. 나를 특별한 사람으로 정의하고 허상의 열등감을 계속 느낄 것인지, 아니면 그냥 평범한 사람으로 정의하고 열등감을 긍정적인 자극으로 바꿀 것인지.

답은 정말 뻔하고 간단했다. '남과의 비교'라는 전제조
건을 빼면 되는 것이었으니까. 그냥 나 자체로 특별하다
고 생각하면 그걸로 그만. 특별하다는 건 제로섬게임이
아니니까, 남이 나보다 열심히 산다는 사실 때문에 내가
갑자기 보잘것없는 사람이 되는 건 아니다. 내가 그 사람
과 운명의 한 자리를 두고 경쟁하는 것도 아니고, 하고 싶
은 것도 다 다를 텐데 뭐 하러 비교했을까, 의미 없이.

어차피 세상에서 제일 열심히 사는 사람은 될 수 없다.
앞으로도 열심히 사는 사람을 수없이 만나게 될 텐데 그
때마다 이렇게 땅굴을 파고 들어갈 수는 없는 노릇이다.
나는 그냥 나대로 최선을 다하며 살면 된다.

매일 같이 밤을 새는 후배에게 열등감을 느끼지 말자.
어차피 나는 밤도 못 새는 체질이고, 차라리 안 먹고 안
쉬고 일을 일찍 끝내버리는 타입이니까. 좋은 직장에 취
업한 동기에게 열등감을 느끼지 말자. 애초에 개랑 나는

하고 싶은 일이 다른걸.

'비교하지 말고 나는 나대로 살면 돼' 같은 진부한 말을
새삼스레 가슴으로 깨닫게 되는 날들이 있다. 오늘처럼.
이런 말을 하나둘씩 체화하며 내가 한층 성장했다는 생
각을 할 때면, 어른들이 왜 그토록 뻔한 말을 조언이랍시
고 하는지 조금은 알 것도 같다. 나만 해도 이 뻔한 말을
에세이라며 쓰고 있으니까.

'굿 리스너'라는
착각

대화에서 나는 주로 듣는 입장이다. "헐, 그래서 걔가 뭐라고 했는데?"라며 적재적소에 알맞은 질문을 던져 '내가 너의 이야기를 아주 궁금해하고 있다'는 티를 내고, "와, 진짜 어이없었겠다"라며 그때 상대가 느꼈을 감정을 한 번 더 서술하며 공감을 표한다. 듣는 사람보다 말하는 사람이 더 많은 시대에, '듣는 사람'이란 얼마나 중요한 역할인가! '세상 모든 사람이 나만큼만 리액션을 해준다면 참 좋을 텐데'라고 생각할 정도로 나는 '굿 리스너'라는 자부심이 있었다.

그러던 언젠가 친구와 막걸리를 마실 때였다. 평소처럼 그 친구가 열심히 오디오를 채웠고, 나는 듣고만 있었다.

"내 친구가 남친이랑 헤어졌는데…."

"우리 사촌 언니가 요즘…."

"내 동기가 이런 말을 했는데…."

쉴 새 없이 이어지는 친구의 말에 나는 줄곧 "응응. 그래서 어떻게 됐는데?", "헐, 진짜? 대박이다"라며 열심히 맞장구를 쳤다. 너무나 익숙한 이 흐름에서 갑자기 친구의 질문이 훅 들어왔다.

"너는 뭐 재미있는 얘기 없어?"

오마이갓. 사실 이건 내가 정말 받고 싶지 않은, 세상에서 가장 곤란한 질문 중 하나다. 난 그냥 너의 이야기를 들어줄 생각으로 온 건데, 갑자기 무슨 얘기를 하란 말인가! 요즘 내 일상은 항상 똑같은 사람을 만나고, 똑같은 길을 가며 쳇바퀴를 돌고 있고, 그중 그나마 특별한 일은 이미 만났을 때 다 말해버렸으며, 어제 뜬금없이 한 생각은 '심장이 계속 이 속도로 뛰고 있다는 게 신기하다' 같은 재미 없는 주제인데, 다짜고짜 넌 이에 대해 어떻게 생각하냐며 터무니없는 얘기를 시작할 수도 없지 않은가. 게다가 '재미'까지 있어야 한다니! 넌 무슨 얘기가 재미있는데? 내가 어제 먹은 점심 메뉴가 재미있어? 도저히 생각해도 어떤 말을 하는 게 정답인지 알 수 없었다. 그래서 그냥 솔직하게 말했다.

"나는 그냥 듣는 게 편한 것 같아. 그래서 사실 그런 말 들으면 뭘 말해야 할지 모르겠어. 네가 말하는 재미있는 얘기가 대체 뭐야?"

앞서 말했듯 들어주는 역할에 자부심이 있던 내게 친구의 답은 꽤 충격적이었다.

"야, 대화도 티키타카가 되어야 하는 거야. 넌 너무 듣기만 하잖아. 그냥 아무거나 말하면 그게 재미있는 거지."

맞는 말이었다. 세상의 수많은 대화를 패턴화할 수는 없겠지만, 어쨌거나 보통의 대화가 '영희가 A라는 얘기를 하고, 철수는 그에 대해 리액션을 보이며 적절히 자기 애기를 섞는 식'이라든가 '영희가 A 주제를 끝마치게 두고 철수는 B 주제로 넘어가 이야기보따리를 푸는 식'으로, 탁구 치는 것처럼 소재가 핑퐁되는 거라면 나는 인터뷰하는 사람처럼 계속 묻기만 하고 내 공을 던져주지는 않았다. 영희가 A를 말하면 적절한 질문과 리액션을 던지며 영희가 계속 얘기하게끔 유도하는 게 나의 대화 방식이었으므로. 그러니까 영희는 야구 연습장에서 몇 시간 동안 계속 혼자서 대화 소재를 빵, 빵, 빵 치다가 지쳐버린 것이다. 옆에 앉아서 '와아아-' 하고 손뼉만 치는 태도가 친구에게는 마치 이렇게 보였겠지.

'내가 리액션이라는 먹이를 줄 테니 너 혼자 계속 쇼를 해줘!'

상대가 지칠 때까지 이야기하게 하는 수법을 쓰는 내가, 과연 굿 리스너라고 할 수 있을까? 당연히 아니다. 나는 '잘' 들었던 게 아니라 그냥 이기적인 듣기를 해왔던 거다. 둘의 시간을 공백 없이 채우고는 싶지만, 나는 상대를 재미있게 해줄 만큼의 이야깃거리를 생각하고 싶지도 않고, 상대에게 솔직하게 말할 용기도 없으니, 이 시간의 책임을 모두 상대에게 떠넘긴다는 그런 이기적인 듣기. 말하자면 적극적인 수동 행위였달까. 친구들에게 "나는 듣는 게 더 좋아!"라고 말하긴 했지만, 사실 좋아하기보다는 그냥 그게 편해서였던 것 같다.

그리고 사실 나의 리액션마저도 잘 쳐줘야 영혼이 30퍼센트나 있었을까? 내게 리액션과 질문과 공감이란 그냥 상대와 같이 있는 시간을 즐겁게 채우기 위한 (정확히 말하면 상대가 이 시간이 즐겁다고 느끼게 하기 위한) 하나의 전략일 뿐, 솔직히 말하면 그렇게 자세하게 궁금하지도 않거니와, 감탄사를 내뱉을 정도로 감정이 동기화되지도 않는다. 결국 내가 성의있게 듣고 있지 않다는 이야기다.

아무리 잘 들어주는 척을 하더라도, 어쨌든 그건 '척'일 뿐이니까, 옆에서 계속 지켜보면 실은 그 안이 텅 비어있다는 게 티가 날 수밖에 없을 것이다. 진정으로 귀 기울이는 게 아니라, 단순히 '네가 계속 얘기하며 오디오를 채워 줬으면 좋겠으니까' 의무적으로 하는 비어있는 리액션과 기계적인 질문들… 난 리스너였을지언정 굿 리스너는 아니었다.

내가 듣기만 하다 결국 지치는 것처럼, 상대는 또 말하기만 해서 지쳐버린다. 서로 지쳐버린 대화는 점점 영혼이 없어지고, 같이 보내는 시간이 재미가 없고, 그리고 끝내는 자리를 파하며 헤어질 때 약간의 현타가 남는 것이다.

'아… 쟤랑 만나는 게 이렇게 피곤했었나?'

서로 아끼고 좋아하는 사이에 그런 생각을 하게 된다는 건 참 슬프고 끔찍한 일이다. 나는 상대랑 계속 만나고 싶고, 시시콜콜한 이야기도 하고 싶고, 용건이 없어도 편하게 보고 싶은데 그러기 위해선 나부터 말하는 연습을 할 필요가 있다. 내가 좋아하는 사람한테조차 말하지 못한다면, 누구에게도 말하지 못하는 사람이 될 테니까.

흔히 잘 말하는 사람이 되기 위해서는 먼저 잘 듣는 사람이 되어야 한다고 한다. 그렇다면 그 반대도 마찬가지가 아닐까. 잘 듣는 사람이 되기 위해선 잘 말하는 것이

첫 번째다. 어쩌면 똑같은 이야기일 수도 있겠다. 대화 상대와 균형 잡힌 랠리를 할 수 있으려면 '말하고 듣는 지구력'이 필요하다. 서로 공이 툭 떨어지지 않게 이어가는 랠리에는 정신을 똑바로 차려야 하는 긴장감이 있을 것이다. 듣기만 했을 때나 말하기만 했을 때는 찾을 수 없는. '기계적인', '영혼 없는' 같은 수식어 따위가 들어갈 자리는 없고 온전히 정신을 그 대화에 집중하게 된다. 그러다 보면 그 자리가 재미없게 느껴지기는 힘들 것이다.

지금도 여전히 나는 잘 말하는 사람보다는 잘 듣는 사람이 되고 싶다. 그렇다면 말하기를 연습함으로써 더 잘 들어주는 사람이 되어야겠다. 너도, 나도 더 재미있는 대화가 되기 위해 '말해야 할 재미있는 일'을 하나둘씩 주워서 메모장에 기록하는 것부터 시작해야겠다.

보고 싶은데
보기 싫은 마음

방송국 인턴을 할 당시 같은 팀에서 매일 같이 일했던 짝꿍 M이 있는데, 인턴이 끝난 후로 반년 동안 한 번도 만나지 않았다. 함께 일할 때는 새벽 3시까지 같이 야근하고, 내가 밈을 '핑' 하고 던지면 '퐁' 하고 받아주고, 벅차오르는 빈도와 정도도 같고, 아무튼 많은 걸 함께한 사이였는데도 쉽사리 만나자는 말이 나오지 않았다. 또 다른 인턴 B와는 약 2주에 한 번꼴로 굉장히 자주 만났는데 그가 내게 의아하다는 듯 물었다.

"너 왜 M이랑 안 만나? 난 너가 걔랑 엄청 잘 맞는 줄 알았는데."

"그러게. 나 근데 원래 오랜만에 누구 만나는 걸 싫어해서…."

생각해보면 정말로 '오랜만에', 오랜 시간 동안 누군가를 보지 않다가 만난 적은 극히 드물다. 단짝처럼 지내다가 자연스레 연락이 끊긴 중학교 동창을 5년 만에 만나고 왔다는 친구, "몇 년 만에 봤는데도 어제 본 것 같아!"라며 오랜만에 만난 사람과도 마치 매일 본 것처럼 시간을 보내는 사람들… 흔히 볼 수 있는 상황들인데도 난 이게 참 신기하다. 몇 년 동안 안 보던 친구를 단둘이? 대체 무슨 얘기를 할까? 할 얘기가 있기는 할까? 생각해보면 20대 이후부터는 무리 지어서 만난 적은 몇 번 있어도, 단둘이 본 건 드문 수준 정도가 아니라 단 한 번도 없다.

선뜻 용기가 나지 않는다. 당연히 보고 싶고, 요즘은 무슨 생각을 하며 지내는지 안부도 궁금하다. 그때랑 얼마나 달라졌는지 한 번쯤 같이 얘기하고 싶은 마음은 진심인데, 막상 만나자는 얘기는 쉽게 나오지 않는다. 맨날 말로만 만나자고 하면서 결국은 안 만나는 친구보다는,

그냥 오랫동안 안 봐서 그립고 애틋한 친구로 남는 게 낫지 않나 하는 마음에 "언제 밥 한번 먹자"라는 상투적인 인사마저도 요리조리 피해버린다. 만나고 싶지 않은데도 그런 형식적인 말을 던져 내 진심을 퇴색시키기도 싫다. 그리고 혹시라도 상대가 적극적으로 나서서 진짜로 약속이 잡히는 상황이 두렵기도 하다.

왜 그럴까? 단순히 '만나면 어색할까 봐'로 퉁치기에는 좀 더 복잡한 이유가 있다. 일단 내게 있어 만남의 성패를 가르는 가장 중요한 기준은 '그 사람이 나와 함께 보냈던 시간이 재미있었는가?'이다. 'YES'면 성공, 'NO'면 실패. 내가 재미있었는지보다 상대의 기분이 더 중요하다. 상대의 재미가 선행되어야지만 비로소 나도 '즐거웠다'라고 말할 수 있는 인간이다.

'네가 좋으면 나도 좋아! 네가 좋으면… 내가 좀 싫어도 좋아.'

심지어는 명백히 친구의 잘못으로 내 기분이 상했을

때도 그 친구의 기분을 먼저 걱정하곤 한다. 친구들과 모인 자리에서 K가 안 좋은 일이 있었는지 만나고 나서 아무 말도 없던 적이 있다. 홍대입구역에서 연남동까지 걸어가는 동안에도, 카페에서도, 밥을 먹으면서도… 또 다른 친구 E와 나 둘이서만 얘기하고 K는 입을 꾹 닫고 다른 곳만 보고 있었다. 헤어질 때까지 K가 말한 시간이 총 10분은 됐으려나?

"무슨 일 있어?", "왜 이렇게 시무룩해?" 몇 번이고 물어봤지만 그냥 고개만 저어서, '지금은 말하고 싶지 않은가보다' 하고 그 뒤로는 묻지 않았다. 가장 큰 배려는 '굳이 묻지 않는 것'이라는 말도 있으니까. 그렇게 어색하고 부자연스러운 시간을 보내고 나서, 집에 오는 내내 기분이 안 좋았다.

만나서 그렇게 눈치 보이게 그렇게 아무 말도 안 하는 건 좀 아니지 않나?
아무리 친구 사이에도 기본적인 예의가 있는 거 아

닌가?

그렇게 혼자서 다이어리에 털어냈는데, 다음 날은 또 이런 생각이 들면서 마음이 불안해졌다.

'나는 나름 배려라고 생각해서 묻지 않았던 건데, 그게 서운했으면 어쩌지?'

'걘 어제 우리 만난 게 재미없었겠지?'

'괜히 나왔다고 생각한 건 아닐까?'

속상한 마음에 나를 먼저 돌보고 싶었는데, 상대방이 어떻게 생각하는지가 중요한 나는 어느새 쓸데없는 걱정까지 하고 있게 된 거다. 그런 나를 발견하고는 헛웃음이 나왔다.

'나 진짜 피곤한 성격이구나.'

이쯤 되면 상대방의 기분에 주의를 기울이는 건 내게 배려의 영역이라기보다는 타고난 기질 같다. 신경 쓰고 싶지 않아도 조건반사처럼 신경을 기울이고 있으니.

이렇다 보니 즐거운 시간이 보장되지 않은 만남은 가

능하면 피하고 싶은데 오랜만에 만나는 사람이라면 그 즐거움을 전혀 예측할 수가 없지 않은가. 그럼에도 가끔 보고 싶은 마음을 주체할 수 없을 때가 있다. 봄에 벚꽃을 볼 때면 작년에 같이 벚꽃을 봤던 사람이 생각나고, 맛집에 가면 저번에 같이 왔던 사람이 떠오른다. 웃음소리가 가득했던 그때의 추억에 괜히 피식 웃음 짓고 나면, 보고 싶고 만나고 싶어진다. '한번 만나자고 말해볼까?' 생각하고 나서 몇 번 시뮬레이션을 돌리다 보면 이내 그 마음은 사라지고 만다.

S#.1   만나자마자, 길거리
   (서 있는 친구를 발견하고는 활짝 웃으며 껴안는다)
   오랜만이야!

S#.2   걸어가면서
   (근황 토크를 나눈다)
   요새 어떻게 지냈어?

S#.3　밥집

　　(무슨 얘기 하지?)

S#.4　카페

　　(무슨 얘기 하지?!!?)

　이렇게 시뮬레이션을 돌리다 보면 자연스럽게 '혹여라도 친구가 만난 걸 후회하면 어쩌지?' 하는 걱정으로 이어진다. 한 번의 어색한 만남이 우리의 행복했던 시간과 서로를 생각하는 마음, 만나기 전에 친근하고 애틋하게 주고받았던 메시지와 가끔의 근황 교류까지 다 망쳐버릴까 봐 겁이 난다. 이럴 바에는 그냥 보고 싶은 마음만을 남겨두고 가끔 연락을 주고받는 느슨한 사이로 남는 게 낫지 않았을까 하는 마음이 생길까 봐. '아 애랑 예전에는 친했는데, 이제 할 말도 없고 어색해졌네'라며 괜히 씁쓸함만 더해지고, 우리가 쌓아온 서사까지도 의미를 잃어버리게 될까 봐 겁이 난다. 결국에는 내가 용기를 낼 수 있을지 자신이 없어서, 보고 싶다고 몇 년째 말하는 친구에게 "나두♡"라는 짧은 답만 보낼 뿐이다.

　이런 수많은 걱정을 하면서도 보고 싶은 마음만큼은 진심이다. 겁쟁이의 딜레마처럼 보고 싶다가도 보기 싫은 두 가지 마음 사이에서 나는 오늘도 갈팡질팡하고 있다.

이런 분위기 기 빨린다,
그죠?

나는 줄곧 외향성을 동경하며 살아왔다. 아직 탐색 기간인 사람에게 스스럼없이 무언가를 같이 하자고 제안할 수 있는 용기가 욕심이 났고, 같은 말을 해도 분위기를 훨씬 더 편하게 만드는 사람들이 부러웠다. 동일한 출발선에서 시작했는데 관계를 형성하는 속도에 엄청난 차이가 나는 걸 매일매일 느낀 시기가 있었는데, 그때 그 부러움이 극에 달했다.

20대 때 고등학교 친구 S랑 같이 뷔페 알바를 했다. 근무 시간도 항상 같았고, 동일한 멤버끼리 함께 술 마시며 같은 시간을 보냈는데도, 늘 그 사람들은 나보다는 S와 훨씬 더 가까워져 있었다. 나는 대하기 조심스럽기만 했던 한 언니와 S는 어느새 서로를 부르는 애칭까지 만들며 꽁냥꽁냥거렸고, 술 마시자는 제안이나 함께 근무하던 사람들의 근황들도 늘 S를 통해 나에게 전해져 왔다.

"OO 언니가 술 마시재. 너한테도 물어보래."

"응 좋아!"

"OO 오빠가 설빙 사준다고 너도 같이 오래."

"아싸!"

신나게 말하면서도 친구에게 그런 말을 전해 들을 때마다, 나로선 쉽게 만들 수 없을 것 같은 S와 주변 사람의 두터운 친밀함을 볼 때마다 마음 한편이 텅 빈 느낌이었다.

'언제 그렇게까지 편한 사이 된 거야? 대체 언제?'

나도 S처럼 모두와 가까워지고 싶었다. 아니, 모두는 아니더라도 딱 한 명이라도 나랑 더 친한 사람을 만들고 싶었다. 경쟁심리 같은 건 아니다. 나도 일하다 만난 누군가와 편한 관계를 형성할 수 있는 사람이라는 걸 증명받고 싶었다. 그때의 나는 주변 사람과 편한 관계를 맺는 모습이 보편적인 모습이라고, 그렇게 하지 못하는 사람은 무언가 결함이 있는 사람이라고 생각했다. 그렇기에 나도 관계를 맺을 수 있는 사람이라는 걸 스스로 확인받고 싶어서, 나의 내향성은 꽁꽁 숨기고 S의 모습을 '손민수' 했다.

'애는 둘이 있을 땐 이런 식으로 말을 거는구나' 하며 말과 행동을 따라해보기도 하고, '좀 무례하고 왈가닥 같아야 사람들이 편하게 대해주는 건가?' 싶어 괜히 털털한 사람인척 해보기도 했다. 상황을 부드럽고 장난스럽게 만드는 태도가 부러워서 나도 일부러 살짝 선을 넘어보려고도 했고, 원래 이런 사람인 척 내 TMI도 남발하며 온갖 갖은 '척'은 다 해봤다.

하지만 내향적인 기질을 타고난 나는 아무리 그런 행동을 따라 해봐도 그 친구의 여유로운 모습은 나오지 않았다. 오히려 아무 말도 안 할 때보다 더 뚝딱거리는 게 느껴지고, 내가 느끼는 불편함을 들키지 않으려고 머리를 굴리고, 그러다 어색한 웃음만 짓게 되는… 이 일련의 뚝딱임 과정에서 오히려 내 매력은 더 반감되는 느낌이었다.

외향적인 친구의 어떤 행동을 '똑!' 떼어 가져와 따라
한다고 모든 사람이 '하하하' 웃으며 편해지는 건 아니라
는 걸 느꼈다. 내 행동은 진짜가 아니었다. 나를 숨긴 채
상대를 대하고 있으니 그게 공기로 다 전달이 되었을 거
다. 그러니 당연히 그 사람들도 편해질 수 없었던 게 아닐
까? 난 평생 노력해도 S처럼 외향적인 사람은 될 수 없겠
구나, 흉내 내는 데서 그치겠구나, 앞으로도 나는 관계 맺
기가 늘 힘들겠구나… 하며 괜히 주눅이 들기도 했다.

그렇게 한동안 내 내향성은 그저 구석에 처박아놓고,
나에게는 눈길도 주지 않는 외향성의 뒤꽁무니만 쫓았
다. 그러다 비로소 그 애물단지를 인정하게 된 것은 다른
이들에게서 내향성의 매력을 발견하고 나서부터다. 예
를 들면 텐션 높은 술자리에서 은근슬쩍 이루어지는 '이
런 분위기 기 빨린다, 그죠?'라는 마음이 담긴 내향인들의
눈빛 교환, 다수가 모인 상황보다 일대일 대화를 할 때 한
꺼풀 벗고 표현을 더 잘하게 되는 그 수줍은 솔직함, 말을
뱉는 빈도는 적어도 뱉을 때마다 자신만의 확고한 취향

이 있다는 것이 티가 나는 단어들. 그들은 자신이 낯을 많이 가리고, 수줍어하며, 다른 사람들보다 그어둔 선이 훨씬 많다는 걸 굳이 숨기려 하지 않고 드러냈다. 이런 매력을 발견할 때마다 나는 속으로 외쳤다.

'제가 이렇게 연기하고는 있지만 저도 님들과 같은 과에요! 저도 내향인이에요! 껴주세요!'

MBTI가 유행하면서부터는 사람마다 성향이 다를 수 있다는 걸 이해하고, '외향', '내향'이라는 단어를 써가며 자신의 성향을 설명하지만, 그전까지만 해도 왠지 외향과 내향의 우위관계가 확실한 것 같았다. 무조건 외향적인 것이 더 매력적인 성격이라고 생각했고, 매력적인 성격과 그렇지 않은 성격은 정해져 있어서 절대 바꾸지 못하는 부분이라고 생각했다. '성향의 차이'라고 인정하기보다는, 그저 '내 성격의 문제'로 돌려버리고 나를 원망하는 방법을 택했다.

그러나 각자의 방식대로 매력적인 사람들을 만나면서

부터 알게 됐다. 외향성이 절대적으로 좋은 성격이라서가 아니라, 술자리에서 분위기를 띄워 어색하지 않게 만들고, 누구에게나 먼저 장난을 걸고 하는 식의 문제가 아니라 그저 그들의 '솔직함'이 매력적이었다는 것을. 자신의 삶의 궤적을 애써 숨기려 하지 않고 편하게 털어놓는 사람이 좋았던 거다.

이렇게 내향인들의 수줍은 솔직함에 매력을 느끼는 순간들이 쌓이면서부터 나는 내 안의 내향성을 굳이 숨기지 않았다. 인정하고, 사랑해줬고, 드러냈다. 나의 단점이나 결핍이 아니라 그저 하나의 성향일 뿐이라는 걸 알았으니까. 또 사람들이 지닌 고유한 매력은 솔직할 때 비로소 잘 드러난다는 것도 알았으니까.

맞아. 나 내향적이고, 집에 있는 게 제일 좋아. 다른 사람이랑 친해지려면 시간도 많이 걸리고, 모두가 날 집중하는 상황은 정말 힘들어. 나한테 관심 주지 마!

애써 외향적인 척 연기하기보다는 진짜 '나'를 보여주는 연습을 했고, 그 결과 난 '척'했던 때보다 훨씬 더 편안하고 매력적인 사람이 되었다(고 생각한다).

내가 다른 내향인에게 유대를 느꼈던 것처럼, 다른 내향인도 나를 '내향 레이더'로 포착하고 괜한 내적 친밀감을 느끼지 않을까 하는 기대감을 안고 사람들을 만나러 간다. 사실 외향인보다 내향인의 유대 쌓기가 훨씬 쉽다. 원래 외부에서 이리저리 치이는 집단이 더 끈끈해진다고 하지 않는가. 외향성에 치여 내향성을 미워하다가 돌고 돌아 솔직하게 인정하게 된 사람들끼리도 그런 끈끈함이 있지 않을까? 물론 그게 아주 수줍고 느려서, 서로 잘 느끼지는 못할 수도 있지만. 어쨌든 난 그런 느슨한 유대가 참 애틋하고 편하다.

사는 게
적성에 안 맞아요

드라마 〈나의 해방일지〉에서 구 씨가 이런 대사를 뱉는다.

> 겨우내 저 골방에 갇혀서 마실 때 마시다가 자려고 하면 가운데 술병이 있는데, 그 술병을 이렇게 치우고 자면 되는데 그거 하나 저쪽에다 미는 게 귀찮아서 소주병 가운데 놓고 무슨 알 품는 것처럼 구부려서 자. 그거 하나 치우는 게 무슨 내 무덤에서 내가 일어나 나와서 벌초해야 하는 것처럼 암담한 일 같아.

왔던 길을 다섯 걸음 되돌아가는 것도 못 할 거 같아서 두고 나온 우산을 찾으러 가지도 않고 비를 맞고 갔습니다. 그 다섯 걸음이 힘들어서 비를 쫄딱 맞고. 아, 나는 너무 힘들고… 너무 지쳤습니다.

술병으로 손을 뻗거나 다섯 걸음을 되돌아가는 것 같은 아주 사소한 것조차도 너무나 무겁게 느껴지는, 이 마음이 무엇인지 나는 너무나 잘 알고 있다. 내가 항상 집을 나설 때마다 드는 생각이 구체적인 행동으로 튀어나온다면 저런 게 아닐까.

나는 가끔 (아니 사실 자주) 세상을 살아가는 것 자체가 나에게 맞지 않는 것 같다는 생각을 한다. 그렇다고 삶을 더 이상 이어가려는 의지가 없다거나 죽고 싶다는 등의 무거운 감정은 아니고, 그저 '헬스는 나랑 안 맞아' 정도의 담백한 느낌이다. '사는 건 내 적성에는 맞지 않아' 정도랄까.

아침이 유독 힘든 날이었다. 일어나서 나가기까지 나는 이미 '지금 출근 안 하면 어떻게 될까?', '점심은 또 불편해서 어떻게 같이 먹지?', '하루하루 이렇게 힘겹게 일어나서 나가는 것만이 내가 살 수 있는 삶인가?' 같은 오만가지 생각을 끝내고 꾸역꾸역 몸을 일으켜 버스에 몸을 실었는데, 그곳에 있는 사람들 표정이 그냥 '무(無)', 아무 생각도 없어 보였다.

아침에 눈을 뜨고, 이불을 걷고, 땅에 발을 내디뎌서 화장실에 가 양치하고 곧바로 세수를 하는… 아침에 일어나는 모든 짧고도 많은 업무들. 처리하는 데 채 1분도 걸리지 않지만 쉴 틈 없이 재빠르게 다음 업무에 착수해야만 성공적으로 끝날 수 있는 미션. 그 미션을 성공하고 마침내 밖으로 나오기까지가 내게는 세상이 뒤틀리는 것처럼 너무나 큰 일이었는데, 그들은 아무 생각 없이 무던하게 해낸 것만 같았다. 그냥 척척척. 아, 이것이야말로 진정 강하고 멋있는 것이구나. 이런 과정을 씩씩하게 해내는 것만으로도, 어떤 아포칼립스에 떨어져도 다들 알아서 단단하게 살아남고 고난과 역경을 이겨내겠구나 싶었다. 그들에 대한 뜬금없는 아침 예찬을 하며 버스 손잡이를 잡고 생각했다.

'저 정도의 강인함이 있어야만 세상을 살아갈 수 있는 걸까?'

'삶을 살아가는 것 자체가 내게 너무 버거운 건, 내가 나약해서 그런 건가?'

'세상 사람들 다 이 정도는 하면서 사는데 나만 이렇게 우울하고 힘든건가?'

악뮤(AKMU) 노래처럼, 그야말로 '사람들이 움직이는 게 신기해'라는 마음이 드는 것이다. 며칠에 한 번씩 청소하면서 집에 먼지가 쌓이지 않게 해야 하고, 주기적으로 쓰레기도 버려야 하고, 매일매일 아침, 점심, 저녁 메뉴를 골라야 하고, 계절이 바뀔 때마다 드라이하고 옷장에 넣어놓고, 가끔씩 옷장 정리도 하고, 가까운 이들의 생일 선물을 고르고 축하 메시지를 보내는… 이런 기본적인 것들. 인간답게 살려면 해야만 하는 것들, 너무나 당연해서

'일'이라고 취급도 안 되는 것들을 어떻게 다 하면서 사는 걸까.

사람들이 이렇게 귀찮은 일투성이인 세상을 살아간다는 게 신기했다. 나는 모든 것들에, 그러니까 일상을 유지하기 위해 해야만 하는 마땅한 것들에 한 톨의 신경도 쓰고 싶지 않아서 걷는 것도, 쌓여있는 메시지에 답장하는 것도, 사람들을 만나기 전에 잠시 멈춰서 에너지를 정비하는 시간을 가져야 하는 것도, 무언가를 하고 있으면서도 다음을 생각해야 하는 것도… 그냥 이 모든 게 너무너무 버거울 때가 있다.

이런 버거움, 뭐랄까 상투적이지만 '삶의 무게' 같은 것들이 나를 계속해서 짓눌러서 숨도 쉬지 못하게 만들 때, 어떻게 그 무게를 분해해서 내가 지고 갈 만한 것으로 만들어야 할지, 그 방법을 아직 잘 모르겠다. 이 무거움을 잘게 잘라서 남은 동안 힘들이지 않고 처리할 수 있을 정도로 만들고 싶다.

이걸 위해서는 살아가는 근육을 좀 얻어야 할 것 같은

데, 얼마나 걸어가야 그것을 만들 수 있는 건지, 나는 가
늠하지 못하겠다.

완벽주의는
빛 좋은 개살구일 뿐

'완벽주의'. 보통 타박 섞인 칭찬으로 쓰이거나 나를 낮추는 듯하면서 은근히 드러낼 때 많이 쓰곤 하는 단어다. 누군가 나한테 "너 완벽주의자 같아"라고 말하면 왠지 칭찬에 더 가깝게 들려서 그다지 기분 나쁘지 않다. 그래서 자기소개서 '자신의 단점을 기술하시오' 같은 문항에서 자주 사용하는 단골 키워드이기도 하다. 일명 '장점 같은 단점'으로!

저는 완벽주의 성향이 있어 일을 끝낼 때 사소한 것에도 집착해 시간이 오래 걸리지만 (여기서부터 중요하

다) 맡은 일을 최상의 퀄리티로 끝내 어디서나 인정받습니다.

그러나 정말 완벽주의자로서 말하자면, 이건 확실히 단점이다. 겉으로 보기엔 그럴싸해 보일지 몰라도 빛 좋은 개살구일 뿐이다. 혹시나 있을 오해를 줄이기 위해, 우선 내가 생각한 완벽주의를 좀 더 정확히 표현해보고자 한다. 바로 '불건강 완벽주의'. 다음은 모두 불건강 완벽주의에 해당하는 이야기다.

1. 시작이 느리다

아마 모두가 공감할 텐데, 머릿속에서 어느 정도 그림이 나와야지만 작업을 시작한다. 아무런 개요도 흐름도 없는데 다짜고짜 책상에 앉아서 글을 쓴다고? 있을 수 없는 일이다.

예를 들면 보고서를 써야 할 때, 내가 가장 먼저 하는 일은 우선 작업을 시작하기 약 일주일 전부터 '아, 뭐 쓰지…' 생각하다가 이제 정말 미룰 수 없다고 느낄 때, 침대에 누워서 가만히 눈을 감고 영감을 떠올리는 일이다. 수업에서 배웠던 여러 가지 뭉치들을 머릿속에 둥둥 떠다니게 하며 그것들이 내 관심사와 만나 파바박 스파크를 일으켜 엄청난 영감을 만들어내기를 기다린다. 그리고 대강의 스토리라인 혹은 첫 문장과 마지막 문장 정도는 떠올라야 시작할 수 있다.

2. 행동력이 없다

뭐든 완벽하게 하고 싶으니 시작하기 전에 사전 조사부터 철저히 한다. 처음 하는 작업일지라도 완벽하게 진행하고 싶고, 서툰 티가 나지 않았으면 하는 마음이 앞서 시작하는 게 두렵다.

예를 들면 대학교 마지막 학기를 다닐 때 매주 화요일마다 캠퍼스를 배경으로 학우들의 사진을 찍어주는 프로젝트를 하고 싶었다. 하고 싶으면 바로 글을 올리고 진행하면 됐을 텐데, '다른 학교 스냅사진은 보통 어떻게 찍었지?', '참여자를 만나면 무슨 말을 해야 하지?', '즐거운 분위기면 좋겠는데 어색하면 어쩌지?', '나보다 사진 더 잘 찍는 사람이 내 작업물을 보고 형편없다고 하면 어떡하지?' 등등 역시나 생각이 꼬리에 꼬리를 물었다.

처음이니까 서툰 게 당연하고, 서툰 나를 받아들일 줄 알아야 하는데, 뚝딱대고 서툰 나에 대한 면역력이 없었다. 완벽하지 않은 나를 누구에게도 보여주지 않고, 숨기고만 싶은 마음에 아예 아무 행동도 하지 않는 것이다. 몸은 편하겠지만, '결국 이번에도 생각만 거창했구나' 하고 자조하며 마음은 나락으로 떨어지고 남는 결과물은 아무것도 없다.

3. 쉽게 우울해진다

느린 시작과 바닥을 치는 행동력을 극복하고 비로소 무언가를 시작하고 나면 내가 기대하는 모습이 그려질 것이다. 영어 공부를 시작했다면 친구들 앞에서 외국인에게 쏼라쏼라 말해서 친구들이 놀라는 모습, 그림 공부를 시작했다면 감각적인 그림들로 다이어리를 더 다채롭게 채워가는 모습 등 말이다.

'이상적인' 모습이니까 당연히 어느 정도 경지에 이르러야 한다. 즉 '잘'해야 한다. 당연히 무언가를 시작해서 잘하기까지는 오랜 시간이 걸린다. 그러나 '불건강 완벽주의'는 그 시간을 참지 못한다. 하고는 있는데 완벽하게 하지 못하는 나를 견딜 수 없다. 영어 공부를 시작한 지 일주일 정도 지나면 어느 정도 대화가 가능해야 그 행동을 지속할 수 있는 것이다. 내가 원하는 속도는 대략 이런 것이다. 크로키를 한 달 동안 매일 하고 나면 내가 좋아하는 캐릭터의 모습을 자유자재로 그릴 수 있어야 한다. 피카소 같은 천재라도 이 정도 속도로 성장하는 것은 불가능할 텐데, 그럼에도 그 정도 속도에 미치지 못하면 의욕을 잃고 금방 포기해버리고 만다. 이유는 하나다. 완벽하지 않은 내가 싫으니까.

4. 타인의 노력을 무시한다

내가 이 글을 쓴 이유이기도 하다. 완벽주의의 치명적인 단점! 완벽주의에는 내가 봤을 때만 완벽하면 되는 '내면 집중형', 타인이 봤을 때도 완벽해야 하는 '시선 집중형' 이렇게 두 가지가 있다. 여기서 말할 단점은 '시선 집중형'에 해당하는 이야기다. 내가 과연 타인의 눈에 완벽해 보일지 계속 생각하는, 즉 타인의 평가를 계속 염두에 두고 있다는 것은 나도 마찬가지로 타인의 결과물에 대한 평가를 멈추지 못한다는 것이다. 타인이 끝끝내 완성해낸 것을 보면서, '뭐야! 고작 이 정도라고?' 하며 타인의 노력을 무시하고 폄하하는 것이다.

예를 들면, 난 서점에 가서 에세이 코너를 구경하는 게 취미다. 개중에는 가끔 내가 절대 구매하지 않을 만한 책들이 있는데, 그걸 보며 '이 정도면 나도 책 내겠네' 하고 속으로 비웃는다. 타인의 노력을, 그 책에 담긴 수많은 이들의 수고를 너무나 쉽게 한 마디로 무시해버린다. 따지고 보면 아무것도 안 하고 평가만 하고 있는 나보다 뭐라도 성실하고 꾸준하게 써서 결과를 남긴 이 작가가 더 대단한 사람인데 말이다(나는 그냥 게으른 잉여 인간일 뿐).

숨 쉬듯 남을 평가하는 사람은 당연히 본인이 받을 평가에 대해서도 계속 생각하게 된다. 무언가를 쓰고 행동할 때도 항상 내면의 감시자가 있다. '이런 문장을 써도 될까?', '다른 사람이 내 글을 보고 무시하면 어쩌지?', '내가 이 글에 내 능력을 100퍼센트 드러내지 못하면 어쩌지?', '그래서 사람들이 날 그저 그런 사람이라고 생각하면 어쩌지?' … 일어나지도 않은 부정적 평가를 계속 염두에 두고 있으니 쓰는 게 두려워질 수밖에 없다. 사실 지금 이 책을 쓰고 있는 지금도 한 단어 한 단어 쓸 때마다 이런 생각을 하고 있다.

내가 완벽주의인 이유는 물론 그 완벽한 결과물을 볼 때 얻어지는 쾌감 때문도 있지만, 그게 궁극적인 원인은 아니다. 나는 남들과는 다른 특별한 사람이라는 걸 증명하고 싶어서다. 그래서 마음이 안달복달이다. 나는 뭔가 특별한 감각이 있는 사람이니까 다른 이들의 결과물보다

월등히 뛰어나야 하고, 내 글을 보는 사람들은 백이면 백 '이런 통찰력이 있다니!' 하고 감탄해야 하는데 그렇지 않은 경우, 내 존재가 부정당하는 것만 같아 무섭다. 실은 내가 시시한 사람이라는 걸 마주해야 하는 게 두렵고, 그럴 바엔 차라리 시작을 안 하는 게 낫다고 생각한다. 어떻게 하면 이 불건강 완벽주의를 고칠 수 있을까?

답은 간단하다. 그저 '못난 나'를 인정하고 견디면 된다. 나에 대한 지나친 자기 존대를 버리면 된다. 나는 그저 그냥 평범한 재능을 가진 99퍼센트 중 하나일 뿐이고, 누군가보다 특별히 우월하거나 열등하지도 않은, 보통 사람이라는 것을 받아들이면 된다. 그렇게 보통 사람이 되어 보통의 글을 쓰겠다는 다짐으로 일단 시작하고, 침대에 누워 고민하며 괴로워하기보다는 그냥 행동하고, 나와 타인을 1분 1초 평가하는 내면의 감시자의 존재를 점차 지워간다면 지금보다는 좀 더 평온한 미소를 지을 수 있지 않을까. 그래서 나는 글을 쓸 때마다 이런 마음가짐을 소환시킨다.

쓰레기를 쓰겠어!

라고 결심하니 써지긴 써진다.

매일 다짐해야겠다.

쓰레기를 쓰겠어!

_ 이경미, 〈잘돼가? 무엇이든〉 중에서

여름만 기다리는 사람의
감정 주기

　사계절 중 여름을 가장 좋아하는 사람이라면 아마 공감할지도 모르는데, 나는 '하지(夏至)'부터 우울해지기 시작한다. 남은 날 중 오늘이 낮이 가장 긴 날이라는 것은, 이제 더 빨리 어두워질 일만 남았다는 것이고, 이것은 마치 내겐 여름의 사형선고처럼 느껴지기 때문이다.

　그래서인지 '여름의 낭만'이라고 생각했던 순간에 있으면서도 정작 여름을 만끽하지는 못한다. 습기 가득한 밤 9시 한강에서 맥주를 마시고, 퇴근 후 건물 위로 내려앉은 지는 해의 노란빛을 감상하고, 저녁 시간 내내 조금씩 색이 덧대어져 가는 서쪽을 가만히 바라보고, 초당 옥

수수와 물렁 복숭아를 원 없이 먹으며 여름의 과즙들을 맛보고, 물에서 한참을 헤엄치다 나와도 여전한 열기를 느끼는 그 즐거움 속에서도, 나는 생각보다 행복하지 않았다.

해가 짧아지고 어둠이 길어질수록, 마음 한편에는 이 계절의 끝에 대한 불안감이 점점 커진다. 그 불안의 뿌리는 '지금이 남은 1년 중 가장 행복한 시기일 거야', '여름이 지나면 지금처럼 계속 행복할 수는 없겠지'와 같은 섣부른 단정들이다.

여름이 가면 한동안은 또 여름이 지나간 것에 대해 슬퍼한다. 구질구질하게 지나간 계절을 생각하다가 문득 바닥을 보면 노란색 나뭇잎들이 바스락 하고 밟힌다. 가을이 온 것이다. 은행잎이 초록과 노랑의 경계를 거쳐 끝까지 물들고, 이윽고 낙하해 땅을 모두 차지할 때까지도 나는 여름을 슬퍼하느라 가을을 눈치채지 못한 것이다. 그제야 내가 진작 반기지 못한 계절이 제대로 보이기 시작한다. 완전히 차갑지만은 않은 바람, 유독 잘 맡아지는 가을 냄새, 트렌치코트와 라이더 재킷을 야무지게 꺼내입으며 들뜬 사람들… 가을이 갈 때쯤에야 비로소 '여름이 간게' 아니고 '가을이 왔다'는 걸 깨닫는다. 바보처럼!

"그리고 그때부터 나는 가을을 즐겼다"라고 말할 수 있다면 좋으련만 미련 가득한 나는 또 생각이 꼬리를 물기 시작한다. '가을을 제대로 즐기지도 못했는데 이제 곧 겨울이 오겠네. 그럼 나무도 다 휑해지고, 외투도 두꺼워지고 해도 짧아지겠지'.

새로운 계절이 오고, 그 계절을 보낼 때마다 앞으로 더 불행해질 나에 대해 미리 걱정하고, 우울해하기를 무한 반복한다.

계절을 온전히 사랑하는 시간은 12개월 중 단 두 달뿐이다. 나머지 10개월은 지금이 가는 것을 두려워하고, 이미 지나간 시간을 아쉬워하고, 다가올 순간들을 미워하는데 감정을 허비하는 것이다. 많고 많은 계절의 순간 중 내가 행복할 수 있는 건 고작 6분의 1뿐이라니, 억울했다. 그러다가 문득 깨달았다.

'아, 나는 원래 이런 사람이었지. 현재를 제대로 돌보지 못하는 사람, 행복보다 불안으로 더 많이 채워져 있는 사람'.

월요일에 출근하면서 왠지 상쾌하고, 운 좋게 지하철에서도 앉아서 갈 수 있어서 기분이 좋다가도 그래봤자 오늘은 월요일이고 앞으로 4일이나 더 일찍 일어나야 한다는 사실을 굳이 상기시키며 그 기쁨의 상태를 애써 망치는 신기한 재주가 있다. 아직 마주치지 않은, 그러나 마주칠 게 분명(하다고 지레짐작하는)한 피곤을 미리 생각하느라 월요일 아침의 행복을 굳이 거부한다.

몇 년 전, 정말 일하고 싶었던 회사에서 인턴 생활을 하면서도 마찬가지였다. 6개월 내내, 이 회사의 일원이라는 뿌듯함과 자부심보다도 인턴이 끝난 이후 내 행보에 대한 걱정과 불안감이 더 컸다. 늘 다가오지 않은 시기에 대한 불안으로 정작 '지금 이 순간' 행복하고 안정적인 나를 갉아먹었다. 내가 그토록 원하던 순간에 놓여 있는데도 즐기지 못했다. 그러니 그토록 기다려온 계절의 절정에서 굳이 끝을 생각하며 내 행복을 망친 건 어찌 보면 당연한 일이었다.

여름이 가는 것과 비슷하게 20대를 보낼 때도 우울했다. 여전히 어린 나이라는 걸 잘 알고 있으면서도, 매년 한 살 한 살 먹는 게 미치도록 싫었던 이유는 모두 입을 모아 '인생의 전성기'라고 인정해주는 순간이 끝나는 것처럼 느껴져서였다.

나이를 먹으며 '성장'하는 게 아니라, 가장 빛나는 시기의 끝을 향해 전력 질주하고 있는 것만 같았다. 20대에만 행복할 수 있고, 20대에만 도전할 수 있고, 20대만이 나의 가장 좋은 시절이라고 믿었다. 오직 여름에만 내가 행복할 수 있다고 믿었던 것처럼 말이다.

이렇게 특정 생애주기를 너무나 과대평가한 나머지 앞으로 펼쳐질 나이의 행복은 보잘것없고 심지어 존재하지도 않는다고 평가절하해버렸다. 그런 불안감에 휩싸여

'가장 좋은 시절'일 거라 여겼던 20대 역시 온전히 즐기지 못했다. 나이 먹는 게 너무 싫고, 커져만 가는 숫자에 책임을 지는 게 두려우며, 더 이상 나의 미성숙함을 이해받지 못하는 게 무섭다는 생각으로 나를 갉아먹느라고.

그런데 사실 각각의 계절에는 각각의 좋은 점이 있기 마련이다. 봄에는 반쯤 들떠있는 사람들이 내뿜는 몽글몽글한 공기가 있고, 가을에는 어떤 색이라 확실히 말할 수 없는 그라데이션으로 가득한 풍경이 있고, 겨울에는 가슴 속 3,000원을 품고 다니며 우연한 만남을 기대하는 설렘이 있다. 여름의 절정에서는 이 여름이 지나고 나면 분명 지금보다는 행복하지 않을 거라 확신했는데, 막상 다음 계절이 오면 뒤늦게나마 계절의 좋은 점을 발견하고 행복해지고야 마는 것이다. 그리고 뒤늦은 생각. '봄, 가을, 겨울에도 행복할 수 있구나.' 모든 계절에서 나의 행복의 빈도나 농도는 크게 다르지 않았다.

결국 인생도 계절을 겪는 것과 비슷한 형태일 것이다.

오늘이 월요일이라 앞으로 4일이나 더 출근해야 할지라도 그 4일 동안 행복한 일은 분명히 있을 테고, 젊음이 조금은 옅어진 3~40대에도 그때만 느낄 수 있는 행복이 분명 있을 것이다.

행복하면 그냥 행복한 채로 두자. 이 행복이 지나간 뒤를 굳이 상상하며 망치는 짓도 하지 말고, 오로지 이 순간만이 나의 계절의 전성기라고 맹신하지 말자. 여름의 내가 가장 행복할 것이라고 섣불리 단정해버리는 건 가을과 겨울의 나에게 너무나 미안한 일이 아닌가.

계절은 다시 온다. 비록 조금 기다리고 견뎌야 하지만 내가 좋아하는 계절은 9개월을 주기로 다시 찾아온다. 마찬가지로, 20대에 지나간 여름은 30대에, 50대에 늘 다시 찾아온다. 월요일에 마주했던 여름은 화요일에도 마주할 수 있다. 돌고 돌아 반드시 다시 돌아오는 것들에 대해 잠시 떠난다고 해서 힘써서 슬퍼할 필요는 없다. 자연의 섭리에까지 마음을 쓰기에는 세상에 마음 써야 할 것들이 너무나 많으니까.

앞으로는 모든 계절을 3개월씩 공평하게 사랑해보려고 한다. 지나간 계절에 대해 미련 뚝뚝 흘리며 '잘 지내?', '우리 또 언제 만나?'라고 묻지 않을 거다. 어차피 계절은 또 오니까. 그리고 그 계절이 지나도 나는 나대로 행복할 것을 아니까.

더 이상 여름이 가는 게 그렇게 슬프지 않을 때까지, 열심히 봄, 가을, 겨울을 사랑해야지. 그렇게 하루하루를 살아가고 나이를 먹어야지.

A를 잘하려면
A를 못하는 사람이 되어야만 해

지나고 나서야 제대로 보이는 것들이 있다. 2년 전의 여행 사진들을 보면서 '이때 참 걱정 없이 행복했는데…', 싸이월드에 남겼던 글귀를 보면서 '그때 걔를 참 좋아했었구나'. 그리고 스무 살의 나를 생각하면 '많이 불안정한 상태였구나', '많이 힘들었겠구나' 싶어서 꼭 안아주고 싶다.

나의 스무 살을 떠올리면 풋풋함이나 해사한 미소, 꺄르르 웃음 소리… 그런 것들보다도 매 순간 은은하게 존재했던 먹구름이 떠오른다. 사람들이 흔히 스무 살에게 기대하는 이미지와 다르게 나는 그때 가장 불안정하고 헤맸던 것 같다.

먹구름의 가장 큰 원인은 첫 번째로 내가 나를 잘 몰랐다는 데 있다. 지금은 나를 어떻게 돌보아야 할지 아주 대충은 알겠는데 그때는 나를 돌보는 방법이 있다는 것조차, 아니 나를 돌봐야 한다는 개념조차 몰랐다.

고등학생 때는 그냥 하루하루 단순하게 살면 됐다. 그냥 도서관에서 열심히 공부하고, 한 줄 한 줄 투두리스트를 지우고, 주말에는 드라마를 보고… 그렇게 하루하루 내게 주어진 일(공부)을 하며 행복해했는데 대학생이 되고부터는 대체 어떻게 살아야 할지 하나도 감이 잡히지 않았다. 내가 도달해야 할 목적지가 있는데, 어떠한 이정표도 없는 황무지에 뚝 떨어진 듯이 막막하기만 했다. 길잡이도 없이 갑자기 주어진 자유에 많이 당황했고, 그래서 그냥 다른 사람들이 하는 대로 따라 하며 중심을 잡지 못하고 휩쓸렸다. 다 하니까 이게 맞는 거겠지 했는데 내게는 하나도 맞지 않았던 것이다.

지금은 너무 당연해서 의식조차 하지 않는 나의 속성들조차 그때는 알지 못했었다. 가령 나는 나만의 독립적인 공간이 꼭 필요한 사람이다. 기숙사에 살았을 때 방 하나 크기인 곳에서 낯선 누군가와 24시간 붙어 지내며 꽤 많은 스트레스를 받았다. 룸메와 치킨 먹으며 수다 떠는 것도 물론 재미있었지만, 기숙사에 있으면 어쩐지 우울해져서 주말이 되면 꼭 집으로 가곤 했었다. 하지만 그때는 다들 이렇게 지내니까 이 생활이 나한테 맞는 건지 아닌지를 생각해보지 않았다.

또 나는 시끄러운 공간을 좋아하지 않는다. 그럼에도 그때의 나는 술자리란 술자리에는 무조건 참석했다. 그 자리에 얼마나 많은 인원이 모이든지, 얼마나 시끄러운 자리인지 상관없이 말이다. 내가 참석하지 않는 사이에 나를 제외한 사람들이 더 돈독해질 것 같고, 그래서 왠지 소외될 것만 같아 불안했다. 근데 이제는 안다. 나는 술자리 인원이 8명만 넘어가도 피곤한 사람이라는 걸.

시끌벅적한 술자리를 즐기는 척하고, 기숙사에 살며 즐거운 대학 생활을 누리는 척했다. 다들 입는다는 이유로 안 맞는 옷에 꾸역꾸역 몸을 집어넣으면서 '좋은데?'라고 외치고 있었다. 사실은 하나도 좋지 않았으면서. 내가 무엇을 할 때 행복한 사람인지 탐구할 생각조차 하지 못했고, 내내 우울한 건 자존감 때문인 것 같아서 '자존감 높이는 방법'이나 검색하고 다녔다.

먹구름의 두 번째 원인은 내가 원하는 모습과 실제 내 모습 사이의 괴리감을 견디지 못했다는 것이다. 내가 머릿속으로 내내 그려왔던 대학생의 모습은 볼꼴 못 볼 꼴 다 봐서 편하게 욕하고, 불러내면 바로 나오는 동기들이 있고, 서로 할 일 열심히 하면서 남자친구와 편하고 익숙한 연애를 하고, 확고한 영화, 책 취향이 있으며, 학교 생활을 열심히 하는 사람이었다.

그런데 막상 나에게 해당되는 모습은 하나도 없었다. 사람들 사이에 자연스럽게 섞이는 게 너무 어려웠고, 이성과의 어색한 공기는 너무 소름이 돋았고, 영화를 좋아한다고 말할 수 있는 수준까지 도달하려면 내 기준에서는 봐야 할 영화가 너무나도 많았다. 그리고 그 이미지에 안 맞으면 그 모습을 향해 노력해 나가기보다는 그냥 포기하고 우울해하는 쪽을 택했다.

예를 들면 나는 동아리에 진심인 사람이 되고 싶었다. 그래서 딱히 관심도 없었지만 그저 유니크해 보인다는 이유로 처음 태권도 동아리에 가입했다. 처음 기합을 "하!" 넣으며 발차기를 했는데, 그때 거울에 비친 내 모습이 너무나 형편없었다. 어중간한 자세하며, 부들부들 떨리는 다리, 갈 곳 잃어 눈치나 보고 있는 시선까지…. 그런 내 모습이 너무 부끄러웠고, 동아리원들에게 살갑게 말 붙이고 자연스럽게 섞이는 것조차 어색했던 나는 결국 딱 두 번 나가고 동아리를 그만뒀다. 그러면서 동아리가 대학 생활의 낙이라는데, 그것조차 적응하지 못하는 스스로를 자책했다. 동아리 사람들과 편해지길 원했다면 그런 생각 말고 그냥 열심히 나가면 됐을 텐데 말이다.

그런가 하면 "대학 친구는 고등학교 친구만 못하다"라는 소리를 숱하게 들어와서인지 왠지 "난 대학 친구들이랑 찐친이야!"라고 말하는 사람이 되고 싶었다. 그러다 술자리에서 항상 끝까지 남아있어 나름 친해졌다고 생각한 동기와 둘이 만나서 이야기하는데, 막상 그때 술자리에서 느꼈던 친밀감은 찾아볼 수 없고, 서로 솔직하지 못한 형식적인 대화만 오갈 뿐이었다. 이런 과정을 몇 번 겪으며 왜 난 다른 이들처럼 편한 관계를 만들 수 없는 걸까, 역시 대학 친구는 형식적인 건가, 하며 우울해했다. 그냥 어색함을 참고 계속 만나서 친해지면 되는 거였는데 말이다.

누군가와 가까워지려면 반드시 어색함을 견디고, 재미없는 단계를 거칠 수밖에 없다. 대화 몇 마디 하자마자 갑자기 '찐친' 타이틀이 부여되지는 않는다. 어색하고 불편한 구간을 참으며 하나씩 가까워져야 비로소 '편함'에 도달할 수 있는 건데 나는 단순히 몇 번의 식사와 술자리만으로 그런 편안함을 얻고 싶어 했다. 자연스러운 관계라는 것도 결국에는 많은 노력과 시행착오 끝에 얻어지는 건데 그걸 모르고, 마땅히 거쳐야 할 관문을 무시하고 그저 0에서 곧바로 100이 되기를 바란 것이다.

일도, 취미도 마찬가지다. A를 잘하는 사람이 되고 싶으면 그냥 A를 계속하면 됐는데, 나는 노력의 과정 없이 별안간 A를 잘하는 사람이 되고 싶었다. 하늘에서 그런 재능이 저절로 뚝 떨어질 리 없는데도 능력도, 관계도 노력 없이 능숙함과 익숙함을 얻고 싶어 했다. 이렇게 불가능한 걸 계속 바라고 나를 자책했으니 당연히 마음에 먹구름이 드리울 수밖에 없었다. 그저 이상적인 모습이라고 무의식적으로 학습했던 그 이미지만을 딸랑 갖고 싶었다.

지금은 알고 있다. 내가 뭘 좋아하고 어떤 상황에서 행복을 느끼는지, 그리고 A를 잘하는 사람이 되려면 필연적으로 A를 못하는 사람이 될 수밖에 없다는 것도. 이제는 '아직 원하는 내가 아닌 나', 그 과도기를 잘 견디는 연습을 하고 있다. 회화 학원에 다니면서 나의 구린 발음을 매일매일 참고 있고, 사람을 처음 만났을 때 뚝딱거리는 내 모습을 이제는 견딜 수 있다.

그래서 스무 살의 풋풋함과 미성숙함은 부러우면서도, 다시 그때로 돌아가고 싶지는 않다. 그때의 그 불안정한 상태, 매일매일 상처 입었던 감정을 다시 겪고 싶지 않다. 그저 그때의 나를 꼭 안아주며 말하고 싶다. 지금 이 우울은 네가 단단해지기 위한 필연적인 과정이라고, 그러니 너무 자책하며 힘들어하지 말라고.

인생 영화를 고르기가
너무 힘들어요

"인생 영화를 보면 그 사람의 가치관을 엿볼 수 있다" 라든지, "어릴 때 자주 돌려본 영화가 그 사람을 잘 설명해줄 수 있다"라든지 영화 취향에 대한 있어 보이는 말들이 참 많다.

영화란 대체 어떤 기의를 가지고 있는 걸까. 나도 누군가의 영화 취향을 알면 그 사람을 더 잘 알 수 있다고는 생각하지만, 여하튼 이런 말들 때문에 난 영화에 대해서 말하기가 더 힘들어졌다. 흔히 쓰는 그 단어, '인생 영화'를 고르기가 너무 힘들다. 고작 영화 취향 하나가 내 가치관을 대변하는 도구가 된다니? 신중하게 골라야 할 것만 같은 압박이 온다.

나를 가장 잘 대변해줄 수 있는 단 하나의 정답이 있을 것만 같은 느낌인데, 도저히 모르겠다. 딱 하나만 고른다는 건 다른 어떤 것은 포기해야 하는 것이다. 나는 좋음의 역치가 아주 낮고, 쉽게 몰입하고, 시도 때도 없이 벅차오르는 사람이라 보면서 좋았던 것은 마음 깊이 간직하는데, 내 새끼 같은 이 아이들을 다 제쳐 두고 하나만 선택하자니 왠지 미안한 마음이 들어 선택이 어려워진다. 오히려 사람들은 어떻게 그렇게 쉽게 인생 영화에 대해 말할 수 있는지, 어떻게 가벼운 술자리 주제 중 하나로 취급받는지 궁금할 지경이다.

"그래서 인생 영화가 뭐예요?"라는 질문이 화두에 오를 때마다 가끔은 대화를 끊고 질문을 던지고 싶다.

"근데 인생 영화는 무슨 기준으로 고르는 거예요?"

물론 혼자만 진지해지는 것 같아 한 번도 던져본 적 없는 질문이지만, 그래서 나 나름대로 기준을 좀 세워봤다.

1. 영화를 보는 당시에 가장 '재미'있었던 것

'벌써 두 시간이나 지났다고?' 하고 지루한 순간이 하나도 없는 영화. 그냥 막 휘몰아쳐서 집중력이 흐려지려야 흐려질 수 없던 영화. 대부분 스릴러나 범죄물에 해당한다. 그렇다고 〈기생충〉, 〈복수는 나의 것〉, 〈박쥐〉 같은 피 냄새나는 영화, 어두컴컴한 영화를 인생 영화라고 할 수는 없지 않은가? 왠지 일반적으로 인생 영화는 아무래도 좀 따뜻하고 몽글몽글하고 감동을 주는 느낌이어야 할 것 같은데 말이다. 그리고 사실 영화가 재미있다고 해서 마음속에 오래 간직하는 건 아니다. 재미있게 봤는데 마음에서는 금방 휘발되어 버릴 수도 있고, 반대로 볼 때는 재미가 없는데 보고 나서 계속 생각나는 영화가 있었을 수도 있으니 재미가 기준이 되기에는 '인생'이라는 수식어에 비해 너무 가벼운 느낌이다.

2. 영화를 볼 때 가장 감정 상태가 좋았던 것

재미랑은 좀 다르다. 마음에 울림이 있는 영화다. 대사

나 연출에 감탄하며 벅차오르는 감동을 받는 순간이 있는 영화. 팔자 눈썹을 하고 '아, 너무 좋아!'를 육성으로 내뱉을 수밖에 없는 영화. 그런데 이 기준으로 인생 영화를 고른다면 당연히 최근에 봤던 게 인생 영화가 될 수밖에 없다. 아무리 리뷰를 작성해놓고 그때의 그 감정 상태를 기억하려고 해도, 시간이 흐르면 그 좋았던 감동은 옅어지기 마련이니까. 그렇다고 그때 내가 느꼈던 그 감동을 과소평가하면서 인생 영화의 선택지에서 제외하기는 싫다.

3. 가장 많이 돌려본 영화

가장 많이 반복해서 봐서 아예 외워버릴 정도인 영화. 어떤 기준인지는 알겠다. 많이 봤다는 건 그 감동이 잘 옅어지지 않는다는 거고, 그만큼 좋았다는 거니까. 그런데 이 기준은 나 같은 사람에게는 적용하기가 애매하다. 난 영화를 비롯해서 한 번 봤던 콘텐츠를 두 번 세 번 돌려보는 타입이 아니다. 이미 봤던 걸 또 볼 시간에 차라리 다른 거 하나라도 더 보는 게 낫다는 주의이고, 좋아하는 장면을 보며 벅차오르고 싶을 때는 클립을 본다. '재미'보다는 납득할 만한 기준이지만, 어쨌든 내게는 해당하지 않는다.

4. 나의 행동과 가치관을 바꾼 영화

사실 이게 모범답안이라고 생각해왔다. 영화적 메시지나 등장인물의 태도가 나에게 엄청난 울림을 줘서 가치관이 바뀌는 것. 근데 다들 알다시피, 어떤 콘텐츠에 감명받는 건 쉽지만 그게 생각과 행동의 변화로까지 이어지는 건 어려운 일이다. 그래서 제일 신기한 부류가 어떤 책이나 영화를 통해 삶이 바뀌었다고 이야기하는 사람들이다. 그 콘텐츠를 소비하며 대체 어떤 경험을 했는지 정말 궁금해진다. 머리가 띵- 하고 울리면서 망치로 한 대 맞은 것 같은 충격, 내 세계가 통째로 뒤틀리는 정도의 혼란함, 아마도 깊은 곳에서부터 끓어올라 주체할 수 없는 감정의 폭발을 일으키는 장면과 문장을 만난 게 아닐까?

인생 영화를 이야기할 때면 항상 이유를 물어보는데,

내가 고개를 끄덕였던 대답이 바로 이 맥락이었다. <8월의 크리스마스>를 보고 사랑의 태도와 가치관을 확립해서 사랑하는 사람을 대하는 마음가짐이 달라졌다는 사람. 다시 말해 '한 사람의 세계관을 재정립할 정도의 힘을 가진 영화!' 이거야말로 내가 생각하는 이상적인 인생 영화의 기준이었다.

이런 기준을 나열해보며 아무리 고민해봐도, 여전히 인생 영화를 고르기가 어렵다. 유레카! 하는 것이 아직은 없다. 사실 영화뿐만 아니라 드라마, 책, 음악도 다 마찬가지다. 그래서 일단은 '인생 ○○' 칸은 잠시 비워두고 사랑에 퐁당 빠져버리는 순간을 좀 기다려보기로 했다. 영화 〈콜 미 바이 유어 네임〉에서 올리버가 엘리오의 다정한 말을 듣고 못 견뎌서 수영장에 퐁당 빠져버리는 순간 같은.

물론 나의 이런 구구절절한 과정들을 모임에서 말할 수는 없으니까 있어 보이는 인생 영화는 몇 개 골라두고,

앞으로 나 같은 사람을 위해서 영화 취향을 물어볼 때는 질문을 다르게 하려고 한다. "인생 영화가 뭐야?"라는 무겁고 복잡한 질문보다는 "최근에 본 것 중에서 제일 좋았던 게 뭐야?"라고 좀 더 가볍게 대답할 수 있는 질문으로 말이다.

PART 2

느슨하고

적당하게

하지만

다정하게

(feat. 내향인의 관계 맺기)

대화를 곱씹어서
힘든 예민한 사람들에게

　나는 대화에 관해서 상당히 이중적인 면모를 가지고 있다. 가치관을 나누고 서로의 영혼을 두드리는 깊은 대화를 나누고자 하는 갈증은 항상 있으면서도, 막상 그런 대화를 나누며 내 얘기를 많이 하고 나면 늘 후회한다. 내가 꿈꾸는 세상, 좋아하는 작가, 마음속에 깊이 간직하고 있는 문장 등 누군가에게 떠들고 싶어 안달복달했던 것들에 대해 신나게 말해놓고는 항상 후회한다. 상대방이 나를 '너무 감성적이고 투머치한 사람'으로 판단할까 봐 두려워서, 고작 말 몇 마디로 내가 '어떤 사람'이라고 규정되는 게 겁이 나서.

속으로 꽁꽁 감춰두었던 이야기를 주절주절 뱉어내는 내 모습은 대화 다음 날부터 거의 한 달간 시도 때도 없이 머릿속에 자동 재생되며 나를 괴롭힌다.

그러다 문득, 이미 지나간 대화와 상황에 대해 지나치게 곱씹고, 후회하는 나 자신이 너무 안쓰럽게 느껴졌다. 쓰지 않아도 될 에너지를 낭비하면서, 내 마음을 연소시키고 있다는 생각이 파도처럼 밀려온 것이다. 그래서 일명, '진지한 대화를 나누고는 싶지만 이불킥하기는 싫은 예민한 사람들을 위해 우리가 새삼스럽게 기억해야 할 것'을 적어보려 한다. 지난날의 대화가 후회될 때마다 이걸 읽어보면, 나 자신 그리고 나와 비슷한 사람들의 정신 건강에 도움이 되지 않을까 하는 마음으로다가!

첫째, 사람들은 단지 하나의 말, 하나의 취향만으로 내가 어떤 사람인지 단정하지 않는다. 영화 〈찬실이는 복도 많지〉에 '찬실'이가 요즘 자꾸만 신경 쓰이는 '김영'과 좋아하는 작품에 대해 이야기를 나누는 장면이 나온다. 오즈 야스지로의 〈동경 이야기〉가 얼마나 대단한 영화인지 신나게 떠드는 찬실이에게, 김영은 자신은 이제 점점 더 재미있는 영화, 크리스토퍼 놀란의 영화가 좋다고 말한다. 찬실이는 기가 차는 웃음을 지으며 이렇게 말한다.

놀란? 그런 영화 좋아하는구나.

그날 이후, 찬실이 산책하려는 곳에 같이 가도 되겠냐고 묻는 김영에게 찬실은 괜히 틱틱 대며 이렇게 말한다.

크리스토퍼 놀란 영화 좋아하는 사람은 가도 별로일 것 같은데?

그러자 김영은 이렇게 말한다.

그건 제 취향이에요. 왜 영화 하나를 가지고 사람을 그렇게 판단하세요?

누군가가 나를 어떤 사람이라고 판단하는 것이 무서워 애써 취향을 감춰왔던 내게 깊이 박히는 말이었다. 지극히 당연한 말인데도 까맣게 잊고 있었다. 내가 쓰고 뱉은 한 줄의 말이 나의 모든 것을 대변할 것이고, 그것 때문에 사람들이 멀어질 것이라는 두려움에 사로잡혀 있던 것이다.

취향은 취향일 뿐이다. 의견은 의견일 뿐이다. 사람에게는 수십 개의 자아가 있고, 한 사람이 가지고 있는 세계는 넓고도 넓다. 좋아하는 영화가, 책이, 특정 사건에 대한 의견이 그 사람의 전부를 대변하지는 않는다. 누군가 인생 영화가 <7번 방의 선물>이라고 하더라도 그 사람의 감성이 가벼울 것이라고 감히 짐작할 수 없다는 얘기다. 단지 인생 영화 하나가 그 사람이 살아온 '인생'이 어땠는지를 비춰주는 게 아니니까.

술김에 뱉은 한 마디가 그 사람의 모든 면을 대변하지는 않는다.

취향이 안 맞는다고 친구가 될 수 없는 것은 아니다.

의견이 다르다고 나와 그 사람의 모든 게 안 맞는 건 아니다.

적어놓고 보면 너무나 당연한 말들이다. 오히려 이렇게 생각하지 않는 사람이 있다면 멀리하고 싶을 정도다. 다시 말해 한 번의 대화로 상대가 나를 판단할 것이라는 두려움은 말끔히 버려도 좋다.

둘째, 말하지 않는다면 나를 싫어할 사람은 없겠지만, 좋아할 사람도 없다. 무색무취의 사람이 될 뿐이다. 내가 애니메이션을 좋아한다고 말하면 누군가는 오타쿠라고 싫어하겠지만, 애니메이션을 좋아하는 친구와 더 깊은 교감을 나누며 즐거운 대화를 할 수 있다. 반대로 굳이 애니메이션을 좋아한다는 걸 꽁꽁 숨긴다면 날 오타쿠라고 싫어할 사람은 없겠지만, 같은 취미를 공유하는 사람과 깊은 유대를 쌓을 기회도 없어진다. 숫자로 설명해보면 이렇다.

- 적극적으로 나를 드러냈을 때
: 싫어하는 사람 (-1) 좋아하는 사람 (+1) = 0

- 평가가 두려워 나를 꽁꽁 숨겼을 때
: 싫어하는 사람 (0) 좋아하는 사람 (0) = 0

어차피 똑같이 0일 바에는 작은 울림이라도 일으켜보는 게 낫지 않나. 적어도 첫 번째 상황에서는 내가 어떤 사람인지 확실하게 표현하고, '아, 그 애니 좋아하는 사람!'이라고 각인시킬 수 있으니 말이다. 하지만 두 번째 상황에서는? 아무도 내게 관심을 갖지 않는다. 특정 키워드로 정리되지 않는, '누구였더라…?' 하는 그저 무색무취의 흐릿흐릿한 사람이 되는 거다.

모든 인간은 기본적으로 관종이라고 생각하는 바. 우리 모두 존재감 없는 사람이 되기는 싫지 않은가. 나를 꽁꽁 숨겨서 내가 얻는 건 없다. 존재감 없는 사람만 될 뿐이다.

　최근 급속도로 친해진 두 명의 친구의 공통점이 바로이것이었다. 자기 자신을 드러내는 것에 거리낌이 없다.내가 빨리 마음을 열 수 있었던 이유가 바로 그 친구들의당당함이었다. 자신의 가치관, 취향, 깊은 얘기를 거리낌없이 해주는 당당함! 그 당당함 덕에 이 친구와 내가 성격이 잘 맞는다는 것을 알 수 있었고, 나도 덩달아 편하게마음을 드러내고 교감할 수 있었다. 이 친구들이 나처럼자신을 꽁꽁 숨기는 사람이었다면 애초에 '얘랑 뭔가 통하는 게 있네!' 혹은 '대화가 잘 통한다'라고 느낄 일도 없었을 거다. 짝사랑은 암살이 아니다, 들켜야 시작한다는우스갯소리처럼, 관계도 마찬가지 아닐까. 우선 내가 어떤 사람인지 들켜야 관계가 창조된다.

　여하튼, 그동안 나는 누군가에게 평가받고 '관종'이라

고 낙인찍히는 것이 두려워 최대한 튀지 않으려고 애를 써왔다. 하지만 이제 생각해보면 왜 굳이 나를 매력적이지 않은 사람으로 만들었나 후회가 된다.

나를 마음껏 드러내고 평가를 두려워하지 말자. "열 명이 있으면 그중 일곱 명은 내게 관심이 없고, 두 명은 날 싫어하고, 한 명은 나를 좋아한다"라는 말도 있지 않은가. 싫어할 사람은 싫어하고 좋아할 사람은 날 좋아한다면, 날 좋아하는 그 한 명과 더 많은 것을 공유하고, 깊은 유대를 쌓는 게 낫지 않을까. 그러려면 나에 대해 많이 말해야 한다.

셋째, 대화에 정답은 없다. 곱씹기 금지. 지난날의 대화를 곱씹으며 가장 많이 하는 짓은 '아, 그렇게 대답하지 말고 이렇게 말할 걸…', '더 좋은 대답은 뭐였을까?'를 계속 되뇌이는 것이다.

누군가 나에게 좋아하는 작가를 물어봤을 때 백수

린 말고 헤르만 헤세라고 대답할 걸. 백수린을 가장 좋아하긴 하지만 헤르만 헤세가 더 유명하니까 대화를 매끄럽게 이어갈 수 있지 않았을까?

뚝딱거리지 말고 "그때 왜 저희 버리고 먼저 가셨어요"라고 친근하게 장난이라도 쳐볼걸. 그랬다면 오히려 더 깔깔깔 웃고 편하게 스몰토크를 할 수 있었을 텐데… 왜 그때는 이 생각을 못했지?

나를 가장 매력적인 사람으로 보이게 할 수 있는 '단 하나의 이상적인 답'이 있다고 생각해온 것이다. 그런데 정말 내가 백수린 작가 말고 헤르만 헤세라고 대답했다고 나에 대한 이미지나 평가가 크게 달라졌을까? 고작 그거 하나 가지고? 지나간 말과 행동에 대해서 정답을 찾는 일이 얼마나 미련한 것인지, 글을 쓰며 다시 한 번 느끼고 있다. 지금 고민한다고 해도 그때의 내 대답을 고칠 수는 없으니까. 그리고 무엇보다도 대화에는 정답이 없다. 소개팅도 아니고, 모두가 나를 좋아하게 만들어야 하는 도전과제도 아니고 나는 그냥 솔직하게, 편안하게 내 얘기를 하면 되는 것이다. 물론 좀 더 재미있는, 재치있는 답변은 존재하겠지만 모든 상황에서 그런 답변을 내놓을 수는 없는 것이다. 50개의 대화가 재미있었다면 또 다른 50개의 대화에서는 좀 진지하고 재미없을 수 있는 거 아닌가.

그동안 나는 자신을 있는 그대로 보여주기보다는, '어떤 이미지를 가진 사람'으로 억지로 꾸며내고 있었기에 이 세 가지 모두 어려웠다. 말 그대로 '알맹이'를 보여주기가 두려워서 '껍데기'를 아주아주 크게 부풀리는 사람이었던 거다.

이제 그런 짓은 그만하기로 했다. 조금 진지하고 괴짜스러운 나의 알맹이를 편하게 보여줄 것이다. 그런 나를 유별나다고 생각하는 사람도 있겠지만 그중에는 분명 나를 좋아하는 사람도 생길 테니까.

내 취향과 말과 그냥 나의 존재 자체가 누군가에게 아주 작은 울림이라도 주고, 그로 인해 나라는 사람이 더 궁금해진다면 그것만큼 내게 좋은 일이 어디 있겠는가.

내성적이고, 진지하고, 예민하지만, 대화가 좋은 이들이여, 우리 마음껏 말하고 곱씹지 않으며 살아봅시다!

- 어제의 대화를 고찰하며 이불킥 중인 사람 올림

관계를 시작할 때의
매커니즘

웹툰 〈유미의 세포들〉처럼 내 머릿속에도 세포가 있다면, 그들이 가장 바쁘게 움직일 때는 아마 어떤 사람을 처음 만날 때가 아닐까. 나는 기본적으로 사람을 대할 때 에너지가 굉장히 많이 소모되는 타입이라서, 나와 관계 맺어야 할 사람이 어떤 성향인지, 그 사람 앞에서 내가 어떻게 행동해야 하는지 최대한 빨리 파악하려고 한다. 한 번 분류하고 파악해놓으면 나의 어떤 모습을 극대화시켜야 할지 정리가 돼서, 다음에 만날 땐 에너지를 조금 덜 소모해도 되니까. 그래서 첫 만남에서는 온 신경을 곤두세워 레이더를 켜고 이 사람의 특성을 싹 스캔하는데, 그때 나의 매커니즘은 대충 이렇다.

1. 탐색

일단 탐색의 과정으로 시작한다. '이 사람은 살짝 자의식 과잉이 심하네', '학벌과 재력을 과시하고 싶어 하는 사람이군', '스몰톡을 별로 즐기지 않는 타입이네' 등등. 어떤 특징을 지닌 사람인지 바로바로 입력, 인코딩하는 단계다.

누군가가 이런 말을 한 적이 있다. "인스타를 보는 게 피곤한 게 아니라, 그 게시물 너머 그 사람의 욕망이 보이는 게 피곤한 거다"라고. 나 역시 보고 싶지 않지만 어쩔 수 없이 말 너머에 숨겨져 있는 나노 단위의 욕망까지 보게 되는 사람이다. 너무 피곤할 정도로 잘 보여서, 대화 과정에서 자연스럽게 어떤 사람인지 파악하게 된다.

2. 분류

그다음은 분류 단계를 거친다. 인코딩되어 들어온 정

보를 내 머릿속 '지인 백과사전'을 펼쳐서 분류화한다. 내가 알고 있는 사람 중 #솔직함 #왈가닥의 특징을 지닌 인물을 떠올려 같은 카테고리로 분류하는 것이다. 그 카테고리에 있는 누군가를 떠올리며 'A는 이런 질문을 좋아했으니까, 이 사람도 그렇겠지?' 하며 상대를 대하는 법을 축적해간다.

3. 맞춤

분류까지 마쳤다면 이제 맞춤 단계다. 그 사람과 만날 때 내 백과사전 정보를 바탕으로, 이 사람이 좋아하는 최대의 리액션과 행동을 끌어낸다. 말하기를 좋아하는 사람이라면 그냥 들어주며 적당히 리액션을 해주고, 말이 별로 없는 사람이라면 내가 말을 하고, 아이돌 좋아하는 친구라면 트위터에서 주워들은 아이돌 관련 얘기를 화두로 꺼낸다. 투명하고 솔직한 사람이라면 나도 조금씩 선을 넘어가며 솔직하게 대한다.

사실 맞춤 단계는 나의 타고난 성향인 동시에 장점이

기도 하다. 난 본래 다른 사람이 재미있어 해야만 비로소 나도 재미를 느낄 수 있는 '타인 감정 중심형' 타입이다. 이런 성향이 가끔 피곤할 때도 있지만 그 사람의 재미, 나의 재미 둘 다 적절히 밸런스를 조절해갈 수 있다는 건 함께하는 시간 동안만큼은 확실한 장점이 된다.

문제는 탐색과 분류다. 고작 말 몇 마디로 사람을 판단하고 분류한다니, 말도 안된다고? 나도 인정한다. 정말 고치고 싶은 나의 단점이다. 어떻게 보면 나의 용기 없는 모습들은 다 여기서 비롯되는 것일지도 모르겠다. 사람들 앞에서 내 얘기를 하는 게 힘들어서 그저 리액션만 해주다 오는 것, 30퍼센트도 솔직해지기 두려워서 1퍼센트만 보여주는 것, 표현을 꾹꾹 삼키는 것… 이 모든 면면은 나부터가 그저 한 번의 만남, 말 몇 마디, 행동 한 번으로 사람을 평가하는 사람이라서일 거다. '나는 내 10퍼센트도 보여주지 않는데, 사람들이 나처럼 멋대로 날 평가하고, 분류하고, 걸러 버리면 어쩌지?' 하는 두려움이 항상 마음

한편에 깊숙이 박혀있다.

사람을 보는 나의 촉이 100퍼센트 맞았다면 애초에
단점이라고 생각하지도 않았을 거다. 하지만 세상만사
100퍼센트 맞는 게 어디 있겠는가. 그동안 쌓아온 데이터
들로 처음의 촉이 잘 맞을 때도 있지만, 잘못된 판단인 경
우도 많았다. 저 사람은 왠지 나랑 잘 맞지 않을 것 같아
티 나지 않게 선을 그었던 사람에게서 발견하는 의외의
모습들과 그런 순간이 쌓이면 결국 내 판단이 오만했다
는 걸 인정하게 된다.

지금은 나와 각별한 사이인 친구 B는 같은 회사 인턴
으로 처음 만났는데, 그때 내가 B를 보고 한 생각은 '와 나
랑 진짜 안 맞겠다. 쟤랑 절대 못 친해지겠다'였다. 첫날
자기소개하는 자리에서 회사에서 자신이 쓸 닉네임을 공
개하며 "엄마가 제 닉네임 가지고 음료수나 초콜릿이냐
고 뭐라고 했어요"라고 말한 뒤 "웃으라고 한 얘긴데 아무
도 안 웃으시네요"라는 멘트를 했는데, 나로선 상상해본

적도 없는 파워 외향, 자신감 뿜뿜의 태도라서 본능적으로 나랑 정반대 부류의 사람이라고 생각했다. 속으로 선을 그어놨던 B에게서 처음 '의외네?'의 순간을 발견하게 된 건 내 가방에 있던 김사과 작가의 책을 보며 시작된 책토크였다. 알고 보니 B는 책 소개 뉴스레터를 만들 정도로 책을 좋아하고, 본인을 I 성향 99퍼센트의 사람이라고 말할 정도로 내향적인 사람이었다. 또 쿨할 것 같았는데 의외로 관계에 대해 많은 고민을 하는, 처음에 내가 생각했던 이미지와는 정반대의 사람이었다.

결국 내가 안 맞을 것 같다고 판단하는 기준이 됐던 부분은 그냥 그 사람의 여러 모습 중 하나였을 뿐이다. 그것도 첫 만남이었으니 아주 표면적인, 어쩌면 그래서 오히려 가짜 모습일 수도 있는. 그러니 그 모습만으로 판단하고 선을 그어버리는 것은 나에게도 관계를 쌓을 기회를 놓치는 아쉬운 일이 아닌가. 내 가방 속의 책을 B가 발견하지 않았다면, B와 우연히 단둘이 밥을 먹지 않았다면, 내가 그어놓은 선을 허물 기회가 없어서 결국 이렇게 친해질 수 없었을 테니까.

　사람의 특성은 딱 무 자르듯 잘리는 게 아니라서, 이런 모습이 있는가 하면, 상황과 분위기에 따라, 또 누구와 함께 있느냐에 따라 그 반대의 모습을 보일 때도 있다. 그러니 고작 몇 번의 피상적인 대화를 통해서 그 사람의 내면까지 꿰뚫어 본 양 '넌 이런 사람이야'라고 정의하는 게 얼마나 바보 같은 일인가. 내가 애용했던 '지인의 백과사전' 같은 것은 애초에 불가능한 개념이었다. 그 사람에게서 처음 발견한 특성을 깨면 그 안에 또 다른 모습이 있을 수 있다. 마치 마트료시카처럼.

　그래서 나는 이제 최대한 판단을 유보하는 쪽을 택하기로 했다. 사람은 끊임없이 변화하고, 돌고 도는 존재이니 이제는 굳이 정의하려 들지 않기로 했다. 넌 내향적인 사람이잖아, 너는 진지한 얘기는 안 좋아하잖아… 이렇게 멋대로 단정하고 그게 절대 변하지 않는 진리인 양 굴지 않기로 했다.

넌 내향적인 사람이었는데 지금은 사람을 많이 좋아하게 됐구나, 너를 가볍다고만 생각했는데 아니었구나… 하고 그저 그 자체로 인정하는 것, 그게 곧 내가 솔직해질 수 있는 첫 번째 단계가 아닐까. 그래도 굳이 꼭 상대방을 판단해야겠다면, 적어도 그 사람이라는 마트료시카의 중간 단계까지는 들여다본 뒤 판단하고 싶다.

고작 순간의 재미를 위해
진심을 다하기

앞서 말한 관계의 매커니즘을 읽고 나면 내가 관계에 굉장히 서툰 사람으로 보이겠지만, 사실 이마저도 굉장한 발전이다. 조금씩 나이를 먹으면서 그나마 '맞춤' 단계까지 갈 수 있었고, 어릴 때는 이 매커니즘이 그냥 '분류' 즈음에서 뚝 끊겨버렸다. '나랑 잘 맞는 사람인가?' 혹은 '이 사람과 오래 갈 수 있는가?', '나와 찐친이 될 수 있는가?' 등 관계의 지속가능성을 생각해보고 이 기준에 맞지 않으면 바로 셔터를 내리고서는 마음의 틈을 주지 않았다.

고등학교 친구들처럼 티키타카가 잘 되기를 바랐고, 예민한 문제에 대한 관점도 비슷했으면 좋겠고… 그렇게 지금 나의 오랜 친구들 같은 그런 사람이야말로 나와 관계를 맺을 자격이 된다고 생각했었다. 만나자마자 느낌이 찌르르 오는 그런 친구를 원했다고나 할까. 지금 생각해보면 첫인상으로 판단하는 것치고는 상당히 높은 기준이다. 그래서 대부분 첫 만남에서 바로 셔터를 내리는 일이 많았다. 한 번 본 사람에게 볼꼴 못 볼 꼴 다 본 친구들만큼의 합을 기대했으니 어떻게 보면 당연한 일이다.

첫 만남에 그런 느낌을 받기는 어려운 일이었음에도 나는 너무도 쉽게 '영업 종료!'를 외치며 마음의 문을 닫아버렸다. 관계의 친밀도를 100 아니면 0으로, 지나치게 이분법적으로만 생각해왔다. 친밀도 50의 관계, 친밀도 30의 관계가 존재할 수 있다는 걸 알지 못했다. 이제 와 생각해보면 평생 갈 사람이 아니라면 시작조차 하지 않겠다는 이 극단적인 다짐은 관계를 너무 진지하고 무겁게 생각하는 사람의 방어기제이자 관계에 서툰 사람의 괜한 심술이었던 것 같다.

상대방과 친해지고 싶다는 마음을 인정하고 나면 신

경 쓸 게 너무 많아지기 때문이다. '어떻게 해야 저 사람도 나랑 친해지고 싶어 할까?', '먼저 밥 먹자고 말 걸어볼까?', '부담스러워하면 어떡하지?' 등 실제로 관계를 쌓는 것보다 이런 쓸데없는 생각에 감정이 더 소모된다.

'이 사람과의 관계'라는 주식이 따따따블로 오를 것이 아니라면 투자 자체를 하지 않았다. 대박 날 것이 확실하게 보장된 관계에만 투자하고 싶어 했다. 함께 일하는 사람들에게 굳이 살갑게 굴지 않았고, 하하 호호 웃으며 얕은 네트워크를 잘 형성하는 사람을 보며 '흥. 쟤네도 결국은 0의 관계로 귀결될 거야. 아무렴 좁고 깊은 관계가 낫지' 하고, 여우의 신 포도처럼 자기합리화를 하기도 했다.

하지만 누군가와 좋은 관계를 형성하기 위해 노력하는 것만큼 애써 거리를 두려고 하는 것도 그만큼의 에너지가 필요하다. 함께 보낸 시간에 비해 남는 게 아무것도 없어서 공허하기까지 하다.

돌이켜보면 재미있을 수 있었던 시간을 굳이 힘을 써 가면서 재미없게 보낼 필요가 있었나 싶다. 섣불리 분류하고 판단하지 않았다면 관계가 달라졌을 수도 있었을 텐데, 관계는 어떻게 흘러갈지 알 수 없으니 그냥 눈앞에 있는 사람한테 최선을 다하면 되는 거였는데 말이다. '시절 인연'이라는 말도 있지 않은가.

이제 관계의 무게를 조금 가볍게 생각하기로 했다. 굳이 마음을 꽁꽁 닫는 데 힘을 쓰기보다는, 그 똑같은 에너지를 좀 더 사람을 알아가려고 노력하는 데 써보기로. 그저 고작 순간의 재미를 위해 진심을 다해 보기로.

술자리에 관한
고찰

 술에 관한 태도는 크게 네 가지로 나눌 수 있다. 첫째, 술은 좋아하는데 술자리는 싫어하는 사람. 둘째, 술도 좋아하고 술자리도 좋아하는 사람. 셋째, 술은 싫어하는데 술자리는 좋아하는 사람. 넷째, 술도 술자리도 싫어하는 사람. 내향형이라고 하면 대부분 첫 번째나 두 번째 유형이라고 지레짐작하는 이들이 많은데, 그중 나는 두 번째 유형에 가깝다. 술도 좋아하고, 술 마셔서 들뜬 기분도 좋아하고, 해 뜨는 시간이 가까워질수록 모두가 정신을 놓고 아무 말이나 하는 그 몽롱한 분위기도 무척 좋아한다.
 물론 모든 술자리를 좋아하는 건 아니다. '가고 싶은

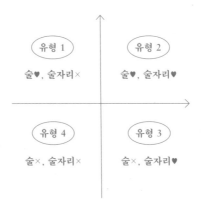

유형 1
술♥, 술자리×

유형 2
술♥, 술자리♥

유형 4
술×, 술자리×

유형 3
술×, 술자리♥

술자리'에는 나만의 몇 가지 기준이 있다.

우선 사람의 수는 너무 많지 않아야 한다. 인원이 많아서 테이블마다 대화 주제가 나뉘면 정신없고 어디에도 집중할 수 없어서 꺼리는 편이다. 무엇보다 괜히 옆 테이블보다 더 신나게 이야기 해야 할 것 같은 부담감에 막상 그 자리를 온전히 즐기지 못한다. 다들 그런 경험 있지 않은가. 옆 테이블에서 이상형이나 MBTI 얘기하는 게 들리는데, 너무 재미있어 보여서 '우리 테이블도 할 얘기 없으니 저 주제를 꺼내 볼까?' 싶다가도 그럼 '이 테이블에 집중 못하고 있었다는 게 너무 티 나나?' 싶고 이런 쓸데없는 생각을 하는 동안 우리 테이블은 묘한 정적의 시간만 늘어나게 되고…. 그동안에도 옆 테이블의 꺄르르 소리를 들으며 괜히 앞에 놓인 숟가락만 만지작거리는 그런 매우 불편한 상황들 말이다.

사람이 많으면 신경 써야 할 일도 늘어난다. 원래부터 나는 주변에 있는 모든 사소한 것들 하나하나에 신경을 쓰는 인간인지라 신경 쓸 게 많으면 오늘치의 술자리 에너지가 초 단위로 닳는 기분이다. 그 에너지를 끝까지 갖고 갈 수 있는 인원은 대략 4~6명 정도다. 내가 모든 이들의 이야기에 리액션해줄 수 있는 정도가 딱 좋다. 대화 주제가 두세 개로 나뉘지 않고, 누군가 말할 땐 모두 집중해서 잘 들어주고, 같은 얘기를 서너 번 반복하지 않아도 되고, 대화 핑퐁이 잘 될 수 있는 딱 그 정도의 인원수가 좋다.

다음으로는 대화가 있는 술자리가 좋다. 실없는 대화도, 맨정신으로는 꺼내기 부끄러운 진지한 대화도 모두 환영이다. 술기운을 빌려 언젠가 꼭 한번 물어보고 싶었던 것들을 주고받으며 서로에 대해 몰랐던 점을 알아가고, 꽁꽁 숨겨 두었던 솔직한 마음을 내보이고, 서로 다른 의견도 흥미롭게 들어주는 살짝 열 오른 대화의 분위기를 좋아한달까. 이런 순간만큼은 모두가 자신이 그어둔 선을 조금씩 허물어뜨리는 것 같아서 나도 덩달아 들뜨게 된다.

대학생 때를 돌이켜보면 나는 술자리에 거의 매일 참석했던 것 같은데, 막상 집으로 돌아갈 때는 그리 즐겁지 않았던 것도 대화가 없었기 때문인 것 같다. 따로 보기에는 애매한 사람들이 한곳에 모인 게 좋고, 그래서 그 자리를 통해 더 알아가고 싶었는데 게임만 주구장창 하다가 정신을 잃어버리고 마니까. 개인적으로 볼 만큼 가깝지는 않아서 그들을 알아갈 수 있는 흔치 않은 기회가 허무하게 없어지는 게 아쉬웠다.

속도도 중요하다. 적어도 한두 명 정도는 나랑 술 마시는 속도가 어느 정도 맞는 사람이 있어야 한다. 나보다 잘 마셔서 내 잔을 항상 채워줬으면 한다. 혼자서 너무 빨리 마시면 혼자 신난 것만 같아 약간 외로우니까. 내가 먼저 "더 마실까요?" 하기 전에 당당하게 "여기 소주 한 병 더 주세요!"라고 말해주는 사람이 있다면 정말 베스트다. 내 잔이 빈 걸 확인하고 먼저 잔을 채워주는 사람을 보면 다정하게 느껴지기까지 한다.

음악도 빼놓을 수 없다. 짜장면에는 고춧가루, 참깨라면에는 유성스프, 닭발에는 달걀찜이 있어야 하는 것처럼 위의 세 가지 요소(소규모 인원, 대화, 적당한 속도)만으로도 완벽하지만 '음악'까지 살포시 얹어준다면 화룡정점이다.

계속 곱씹게 되는 술자리에는 늘 음악이 있었다. 서로 돌아가며 요즘 가장 자주 듣는 음악을 재생하고, 내 차례를 기다리며 어떤 노래를 공유할까 곰곰이 생각하는 과정에서 나는 심장이 울렁거리는 걸 느낀다. 그렇게 술자리가 끝나면 내 재생 목록에는 수많은 낯선 노래들이 쌓이는데, 그 멜로디들을 다시 들으면서도 그 울렁거림은 계속 이어진다.

술을 마시면 나는 갑자기 단전에서부터 애정이 차오르는 것을 느낀다. 그렇다고 무언가로 가득 채워진 사람이 되는 건 아니고 오히려 그와는 정반대로 외로워진다. 왜인지는 모르겠다. 그 누구도 이 부족한 느낌을 채워줄 수는 없을 것 같다는 막연한 공허함과 외로움이 꾸역꾸역 몸집을 키우면서 내 안에 똬리를 틀고 앉아 도저히 바깥으로는 나가지 않았던 상대방에 대한 애정이나 표현들을 입 밖으로 밀어낸다. "여긴 내 자리야 비켜, 넌 저리 좀 나가!" 하고 마치 굴러온 돌이 박힌 돌을 빼내는 모양새처럼 말이다. 그래서인지 술기운이 오르면 꽤 솔직하고, 말이 많고, 표현이 넘치는 편이다. 다른 사람이 보면 눈치채지 못할 정도의 작은 변화겠지만.

그리고 나의 이런 모습을 잠깐 빌려서 내 앞에 있는 이 사람이 요즘은 어떤 일상을 지니고 있는지, 그 일상에서 무엇을 느꼈고, 어떤 생각을 했으며, 그래서 어떤 음악들을 듣고 있는지… 그제야 질문들이 쉴 새 없이 나온다.

이렇게 좋아하는 조건들만 갖춘다면 나에게 술자리는 내 안의 수많은 물음표, 사람을 향한 궁금증을 세상 바깥으로 끄집어내 주는 좋은 수단이 된다. 그래서 나는 술자리를 애정한다.

이거
기분 나빠도 되는 거 맞죠?

어시스턴트로 잠깐 일했던 잡지사에서 편집장과 단둘이 밥을 먹어야 하는 상황이 있었다. 들어온 지 고작 한 달 된 어시스턴트와 편집장의 오붓한 식사 시간이라니, 달리 할 말이 무엇이 있겠는가. "요즘 일은 어때?", "기사 취재는 잘하고 있니?"와 같은 형식적인 이야기로 시작해서 결국은 진로나 일에 대한 태도에 관한 조언만 잔뜩 듣고 왔다. 그때 그가 나에게 해준 조언은 이런 것들이다.

- 선배들이 무언가 필요하다고 말하기 전에 먼저 "선배 이런 것도 같이 준비할까요?"라고 물어봐라.

- 돌아보면 무조건 좋은 일도, 무조건 나쁜 일도 없으니 한 길만 보고 가지 말고 상황을 유연하게 받아들여라.
- 열정을 보여주고 싶다면 가시적으로 증명해라. 나는 몇 페이지에 무슨 키워드가 있는지까지도 줄줄 외우고 다녔다.
- 시간 VS 완성도, 둘 중 하나를 고르는 건 없다. 일단 시간 내에 선배한테 주고, 부족하다 싶으면 "추가로 조사해서 따로 드려도 될까요?"라고 해라.

콩나물국밥을 입에 넣으며 열심히 끄덕였다. 적어도 그때의 나는 경청하며 그의 인생 경험을 꼭꼭 씹어먹으려고 노력했다. 내가 사회 초년생으로서 배우고 흡수해야 할 태도라고 생각했고, 그가 말하는 이상적인 태도와 내가 현재 일하고 있는 태도를 비교하며 반성하기도 했다. 당시에 나는 일에 대한 애정이 거의 없었기 때문에 좀 찔리기도 했다.

그때 회사에서 나는 정말 철저하게 '수단'으로만 대해졌기에 그런 류의 조언을 진지하게 들어본 적이 없었다. 하물며 인수인계도 꼴랑 한 페이지짜리 한글 파일 하나로 내가 알아서 깨우쳐야 했으니. 그래서 그의 조언이 정말 감사했다. 같은 우산을 쓰고 회사로 돌아가면서 그에게 감사의 마음을 전하며 성장의 뿌듯함을 느낀 채 복귀했다.

그리고 이 뿌듯함을 일기로 남겨 두려고 그의 말을 옮겨 적으려는데 가만히 보니까 이거 전형적인 '그거'인 거다. 인터넷에서 많이 본 글, MZ세대가 싫어하는 말 1~5위, "라떼는 말이야…."

그 당시 편집장의 이야기를 듣던 나는 분명 진심으로 공감했다. '맞아, 그런 태도 필요해', '그동안 나는 너무 일을 과제처럼만 생각해왔네' 하며 반성도 했는데 갑자기 '꼰대'라는 단어가 퍼뜩 떠오르는 순간, 인터넷에서 봤던 수많은 불평이 떠오르는 순간 부정적인 생각들이 스멀스멀 올라오는 것이다. '뭐야, 이거 전형적인 꼰대 이야기였

잖아?', '하긴 그러고 보면, 선배들이 말하지도 않는데 내가 필요한 게 뭔지 어떻게 알아?' 하는 반발심과 함께.

그냥 내가 느낀 대로 판단하면 거기서 끝이었을 문제를 굳이 인터넷의 잣대에 맞춰 내 기분을 그 틀에 끼워 넣었다. 인터넷 속 부정적 감정들은 맥락이 제거된 채로 존재한다. 꼰대가 할 법한 말을 들었어도 그 상황이 어땠는지, 누구에게, 어떤 시기에 들었는지에 따라 진정으로 조언이 될 수도 있는 건데 인터넷의 주류의견(흔히 MZ세대의 특징이라고들 하는)에 내 기분을 맞추고 진짜로 내가 느꼈던 감정은 뒷전이었던 거다. 감정을 느낀 게 아니라 내가 흡수한 정보를 바탕으로 내 기분의 결과값을 도출했다는 게 더 정확할 듯하다. 마치 파블로브의 개처럼, 커뮤니티에서 '아, 이 상황에서는 기분 나빠야 하는 거구나'를 흡수하고 나면 실제 내 감정 상태는 살펴보지도 않고 바로 판단해버리는 것이다.

예를 들면, '감정 쓰레기통'이라는 말이 있다. 나는 이 표현을 듣고 난 후로 힘듦을 공유하는 것에 좀 야박해졌다. 혹여나 내가 친구를 감정 쓰레기통으로 대하는 것처럼 보일까 봐 슬픈 일을 공유하기가 조심스러워졌다. 일이 너무 많아서 힘들다고 말하려다가도 꾹 참았고, 최대한 좋은 일만 선별해서 공유하고자 했다.

반대로 친구가 "또 서류 떨어졌어…"라며 속상한 일을 말해줄 때면 '혹시 애가 나를 감정 쓰레기통으로 생각하는 건가?' 하는 묘한 생각이 살짝 들기도 했다. 친구는 단순히 오늘 있었던 속상한 일을 털어놓은 건데 말이다.

사실 솔직한 내 감정을 들여다보면 누군가 내게 힘든 일을 털어놓는다고 짜증이 난 적은 없었다. 오히려 나한테 기대주는 게 고맙고, 상투적이지 않은 위로를 건네고 싶고, 힘들지 않았으면 하는 마음뿐이었다.

감정이라는 건 맥락마다, 사람마다 다 다르기 때문에 따로 똑 떼어서 볼 순 없다. 다만 내가 정말 기분 나쁜 게 맞는지, 이 부정적인 감정이 정말로 내 것인지 되짚어볼 필요는 있다.

마치 볼풀처럼, 각각의 작은 예민한 지점들로 꽉꽉 차 있는 사회일수록 진짜 내 감정은 뭔지, 나만의 개별성을 들여다보는 연습이 필요하다. 자칫하다가는 '예민함'이라는 그 볼풀에 어버버하며 휩쓸려갈 수도 있으니까. 특히나 나 같은 인터넷 중독자에게는 더더욱 그렇다. 직접 겪어보고, 그 상황을 잘 되짚어보고, "너 진짜로 그 상황이 기분 나빴어?"라고 나에게 한 번 더 물어보면서 너무 성급하지 않게 판단하는 연습이 필요하다.

사회성은
스킬트리

문득 사회성은 메이플 스토리 같은 RPG 게임 속 스킬트리 같다는 생각이 들었다. 레벨업을 할 때마다 주어지는 점수로 스탯을 하나씩 올릴수록 강해지고, 필요할 때 활성화시켜서 사용하는 그런 스킬. 이런 게임에서는 일정 레벨에 도달해야만 처음 깨울 수 있는 스킬이 있는데, 내게는 사회성이 그랬다. Lv.20세가 되어서야만 그런 게 존재한다는 것을 알았다.

그전에는 사실 '사회성'이라는 개념조차 확실히 인식하지 못했다. 당연한 일이다. 나는 초중고 내내 흔히 말하는 '주류' 집단이었고, 그래서 학급 친구들과 친해지는 데

별다른 노력을 기울이지 않아도 됐었다. 아침부터 저녁까지 종일 붙어있었으니 의식적인 행동이 필요하지도 않았다. 그때는 누군가와 친해진다는 게 숨 쉬는 것처럼 당연한 수순인 줄만 알았다. 어떤 노력이나 스킬이 필요한 게 아니라, 그냥 같은 집단에서 말 몇 번 해보고, 떡볶이 같이 먹으면 자연스레 친해지는 거였으니까. 친해지는 장벽이 낮았고, 물리적 거리가 가까우니 그어둔 선도 희미했다. 나는 그렇게 모두 금방 마음을 열고, 친해지고, 즐거울 수 있는 줄 알았다.

하지만 대학에 와서 처음으로 환경도, 성격도, 가치관도 모두 다른 이들을 만나며 '사회성'이라는 스킬의 중요성을 알게 되었다. 친근하게 먼저 다가가는 능력, 대화의 흐름이 끊기지 않도록 주의를 기울이는 능력, 조금은 어색한 시간도 받아들이고 견딜 줄 아는 능력 외에도 무수히 많은 것들. 10시간 동안 붙어있으면서 자연스럽게 스며드는 방법만 알았던 나는 스킬 스탯이 0이었고, '관계'와 '만남'이라는 전투상황에서 제대로 사용하지 못할수록

너덜너덜해졌다.

당시에는 새로운 사람들을 만나면 그냥 조용하고 수줍게 있어야 하는 줄만 알았다. 그게 예의 바른 거고, 좋은 인상을 남기는 방법이라고 믿었다. 그래서 절대 누군가에게 먼저 친근하게 말을 걸거나 대화를 주도하지 않았고, 질문을 받아도 그저 "네 ㅎㅎ" 하고 약간의 멋쩍고 부끄러운 미소를 띄우며 대답하는 게 전부였다.

지금 생각해도 내가 왜 그랬을까 싶은 일이 있다. 처음 만난 동아리 선배가 기숙사에 데려다주며 "넌 기숙사 가서 이제 뭐 할 거야?"라고 물어봤다. 그냥 일상적인 스몰토크였는데 나는 받아칠 능력이 없어서 그냥 웃으며 "아…"라고 얼버무리는 것으로 대화가 뚝 끊기고 말았다. 그 이후로 기숙사까지 가는 그 3분의 시간이 정말이지 너무 어색해서 도망치고만 싶었다. 그 선배도 할 말 쥐어 짜내서 물어본 걸 텐데 기대하던 답이 돌아오지 않으니 많이 당황했을 거다. 그땐 그런 형식적인 질문에 답하는 게 왜 그렇게 어렵고 부담스러웠을까, 왜 수줍은 태도가 늘 베스트라고 생각했을까?

학교나 학원이라는 울타리 안에서 만난 친구들이 아닌 최초의 낯선 관계들 앞에서 나는 늘 이렇게 예의 바르고 착한 인상을 주기 위해 노력했고, 어느새 이것이 관성이 되었다.

그런데 막상 사회로 나와보니 내 관성과는 정확히 정반대로 행동하는 게 사회성이었다. 가만히 있으면서 먼저 대화를 시도하지 않는 게 아니라, 적극적이고 밝은 태도가 예의였던 것이다. 이런 사실을 깨닫고부터는 사회성 스킬을 길러보기로 했다.

방법은 간단했다. 모방이다. 주변을 둘러보며 '사람이 사람을 대하는 태도'를 전지적 관찰자 시점으로 관찰하기 시작했다. 이 언니는 나에게 어떤 말을 거는지, 어떤 질문을 던지며 분위기를 풀고 이런 말에는 어떻게 대답하는지, 또 나는 어떤 질문을 받았을 때 적극적으로 대화에 참여하고 싶어졌는지 이미 잘 사회화된 타인들을 보며 정말 사소한 것부터 따라 하기 시작했다.

예를 들면 이미 무리 지어 이야기하고 있을 때 자연스럽게 그곳에 끼어드는 방법이라든지(그중 가장 친한 사람에게 인사하는 척하며 슬쩍 들어가면 된다), 갑자기 대화 소재가 뚝 끊길 때 어떤 말을 해야 할지(부자연스럽더라도 '이상형' 토크 같은 거 꺼내면 된다), 함께 술을 많이 마신 다음 날 만났는데 살짝 어색하다면 그냥 "그날 잘 들어갔어?"라는 말을 건네면 된달지 하는 것들이다.

이런 식으로 내가 만난 모든 사소한 말과 상황들을 '언젠가 써먹을 것들' 창고에 차곡차곡 저장하고는 하나씩 꺼내 써왔다. 내재된 사회성이 100인 사람은 의아할 수도 있다. '저런 세세한 것까지 노력해서 한다고?', '팁이라기보다는 그냥 당연한 거 아니야?'라고 생각할 수도 있다. 그러나 누군가에게는 굳이 의식하지 않아도 자연스럽게 나오는 말과 행동이겠지만 내게는 아니다. 애초에 내게는 내재된 사회성이 0(혹은 마이너스일지도)이라서 배워서 연습하는 방법밖에 없다.

내 사회성은 말하자면 아직 새싹 수준이고 성장 단계라서 여전히 서툴다. 흔들어 깨운 지 얼마 되지도 않았고, 그래서 사실 사용할 때마다 에너지가 엄청나게 닳는다. 안간힘을 다해야 비로소 쓸 수 있는 스킬이랄까.

실제로 모임에 나갈 때는 가기 전에 가만히 눈을 감고, '사회성 발동!' 하고 속으로 외치며 뇌를 각성시키고 간다. 그럼에도 가끔 너무 피곤할 때는 발동이 잘 안되기도 한다. 대화 주제를 생각하며 먼저 말 걸기도 싫고, 그냥 하하 웃으며 병풍처럼 있고 싶은 날이 있다. 그때 누군가는 내게 오늘따라 텐션이 떨어지는 것 같다고 하지만 사실 그게 원래의 내 모습이다.

이렇게 점점 사회성을 강화시키다 보면 언젠가는 안간힘을 다하지 않아도 은은하고 자연스럽게 사회성 스킬을 사용할 수 있는 날이 오리라 기대한다.

애정은 넘치지만 용기는 없는
편지 성애자의 고백

지금 생각해도 참 잘했다 싶은 일이 있는데, 바로 어렸을 때 받았던 편지를 모조리 모아둔 것이다. 교회 초등부에서 만들었던 크리스마스 파티 초대장부터 "우리 절교하자"라고 적혀있는 친구의 절교장, "유아란 바보" 포스트잇 하나까지 모두 모아뒀다.

특히 초등학생 즈음에는 단짝 친구와 펜팔을 하며 매일매일 편지를 주고받는 게 유행이어서 그때부터 편지를 참 많이, 자주, 힘을 빼고 썼던 것 같다. 친구의 생일에 편지를 주는 것조차 낯간지러운 행동이 된 지금도, 나는 여전히 편지가 좋다. 쓰는 행위 자체도, 편지만이 지닌 그

아날로그적인 감성도.

편지야말로 일상에서 가장 쉽게 낭만을 실천할 수 있는 방법이라고 생각한다. 물론 예전만큼 시도 때도 없이, 만날 때마다 주고받고 할 수는 없지만 그래도 기회가 있을 때마다 쓰려고 한다. 연하장, 생일, 크리스마스, 모임의 끝, 어떤 프로젝트를 같이 끝냈을 때 등등. 좋아하는 노래를 틀어놓고 진심을 담아 꾹꾹 눌러 쓰다가 혼자 벅차올라서 눈물이 날 것 같은 느낌도, 괜히 그 사람에 대한 감정이 애틋해지고 심장이 콩닥콩닥 뛰는 설렘도 좋다.

편지 성애자로서 말해보자면, 편지는 크게 두 가지로 구분할 수 있다. '마음 편지'와 '일상 편지'. 마음 편지는 말 그대로 그동안 표현하지 않았던 것들을 와다다 부어주는 편지라서 밀도가 높고 무겁다. 편지가 아니었다면 평생 하지 못했을 말들이 담겨있다.

당신과 함께 이 세상을 호흡한다는 게 내게 얼마나

큰 축복인지 몰라.

_출처: 아빠

일상 편지는 그냥 지금, 오늘, 혹은 편지를 주고받지 않았던 동안 있었던 일과 그에 대한 감정을 말해주는 가벼운 편지다. 군인에게 보내는 인터넷 편지, 애인에게 보내는 하루 보고 같은 맥락으로서의 시시콜콜한 편지.

오늘 꽃을 봤는데 당신 생각이 났어.

_출처: 마찬가지로 아빠

초등학생 때 매일매일 여러 친구에게 편지를 썼던 나는 무슨 내용을 담았을까? 기억은 잘 나지 않지만 아무래도 일상 편지에 가까웠을 것이다. 이 글을 쓰면서 다시 뒤적여보니 이런 키워드들이 단골로 나온다. '절교', '소울메이트', '우정 목걸이', '내일 비밀장소 만들자' 등등.

내가 쓴 편지는 나에게 없으니 정확히 어떤 문장을 적

었는지는 모르겠지만, 어쨌든 내가 커가면서 쓴 편지는 전부 마음 편지에 가깝다. 난 사람에 대한 고찰이 체화되어 있어서, 누군가를 만날 때마다 수없이 많은 생각을 하게 되고, 내가 가질 수 없는 모습을 부러워하기도 한다. 그러다 보면 자연스럽게 상대방의 좋은 점이 많이 보인다. 그래서 프로젝트 마지막이나 기념일을 핑계 삼아 꼭 그의 좋은 점들을 말해주고 싶다.

네 이런 점이 정말 빛나고 부러워.
그때 네가 했던 말에 티는 안 냈지만 위로를 참 많이 받았어.

편지는 주로 이런 내용으로 꽉꽉 채워진다. 첫인상부터 시작해서 의외였던 점과 특별한 점 등 상대방에 대한 캐릭터 해석 A to Z 같은 것이다. 나는 덕질을 할 때도 엄청난 상상력을 발휘한다기보다는 그 캐릭터의 어떤 점이 좋고, 이게 왜 의미 있는 장면인지 등을 끊임없이 말하는 편인데 이것과 비슷하게 그 사람이라는 하나의 서사를 보면서 내가 느낀 점을 쫙 써서 편지를 완성한다. 좀 더 오래 알아 온 사람에게는 우리만의 추억을 살짝 곁들여 평소에는 낯부끄러워서 하지 못 하는 말들을 적어 내려간다.

내가 편지 쓰는 걸 좋아하는 이유가 단지 표현에 서툰 내가 핑계 삼아 마음을 쏟아 부을 수 있는 수단이기 때문이라고 생각했다. 그런데 곰곰이 생각해 보니 하나가 더 있다. 편지의 또 다른 매력, 바로 '일방성'이다.

나는 카톡에 친구의 생일이 뜨면 속으로만 축하한다고 속삭이고 따로 연락은 하지 않는 사람이다. 인스타그램에 댓글을 다 써놓고도 다시 지우는 사람. 생일도 축하해주고 싶고, 보고 싶기도 하고, 친구와의 즐거웠던 시간도 생각나는 건 맞는데 "생일 축하해"라는 메시지를 보내고 나서 이어질 의미 없고 어색한 대화들이 싫어서다. "잘 지내지?", "요새 어떻게 지내?", "언제 한 번 얼굴 봐야 되는데…" 같은 것들 말이다. 일방적으로 메시지를 보내고 닫아버릴 수 있는 기능이 있다면 마음껏 메시지를 보낼 수 있을 텐데 싶기도 하다. 일방적으로 상대의 안부를 묻고, 내 마음을 전한 뒤 답장은 사양하고 싶다. 생일 축하 메시지를 잘 보내지 않는 또 하나의 핑계는, 형식적인 생일 메시지 말고 진심을 꾹꾹 눌러 담아 마음을 전하고 싶어 '이따가 한가할 때 메시지 써야지' 하고는 결국 친구의 생일이 지나버리는 경우도 많다.

나는 주는 것과 받는 것, 둘 다에 아주 취약한 인간이다. 그런 주제에 애정은 넘쳐서 어떻게든 찾아낸 '주는' 방법이 바로 편지다. 내 마음을 일방적으로 전할 수 있고, 시간을 충분히 할애할 수도 있고, 형식적이지 않은 진심을 담을 수 있는. 이 모든 조건을 충족하는 메신저가 나에게는 편지다. 표현에 서툰 내가 마음껏 솔직해질 수 있는 아주 고마운 매체다. 어떻게 보면 편지는 용기 없는 자의 표현방식일지도 모른다. 상대방에 대한 감정을 표현하지 않고 끝내버리기에는 너무 아쉽지만 그렇다고 표현할 용기는 없는 사람이 그 좋아하는 마음을 견디지 못하고 써버리는 표현방식이랄까?

하지만 나는 '받는' 방법은 여전히 몰라서 애정을 담아 넘치는 마음을 전하고 싶지만, 그에 대해 상대방이 어떻게 생각하는지는 별로 듣고 싶지 않다. 용기를 내서 문자를 보내고는 핸드폰을 멀리 던져 답장 보기를 두려워하는 마음, 나는 매사에 그런 마음을 갖고 있다.

그래서 여전히 나는 누군가에게 편지를 보내고 "읽고 답장 보내줘"라는 말을 덧붙이지 못한다.

언젠가 주고받음에 좀 더 익숙해지면 내 메시지에 대한 상대방의 마음을 궁금해하게 될까? 지금보다 좀 더 용기를 낸다면, 표현하는 게 두렵지 않고 일상 편지도 잘 건네는 사람이 될 수 있을까?

아무도 답을 해줄 수 없을지도 모르는 질문만 둥둥 떠다닌다. 마음 편지는 이미 질리도록 써봐서 그 노하우를

다 알고 있으니, 이제는 일상 편지를 잘 쓰는 연습을 하고
싶다. 주는 것도, 받는 것도 잘하는 사람이 되고 싶다.

'말하고 싶은 언니'가
되고 싶어

언니가 없는 내게 '언니'라는 단어는 왠지 좀 마법 같은 느낌이다. "언니~" 하고 부를 대상이 있으면, 친하지 않더라도 그 모임이 조금 더 즐거워졌다. 그저 내가 누군가를 언니라고 부를 수 있다는 사실만으로도 나는 무한한 안정을 느꼈다. 그 마법의 단어를 내뱉기만 하면 왠지 밉기만 했던, 그래서 받아들일 수 없었던 나의 미성숙함을 다 이해받는 것만 같았기에. 말 한마디 한마디에 '동생은 그래도 돼'라는 맥락 없는 애정을 담아주는 언니들에게 의지하는 게 너무나 편하고 좋았다. 그런 내가, 처음으로 언니가 된 순간이 있었다.

오랜 휴학 기간 뒤 복학해서 '라이프 아카데미'라는 학교 프로그램에 합류하게 됐다. 그 모임에서는 내가 가장 언니였고, 고학번이었다. 어느 순간 내가 속한 집단에서 더 이상은 언니를 찾아볼 수 없게 된 것이다. 그렇게 비로소 언니라고 부르는 날보다 불리는 날이 더 많은 시기를 맞게 되었다.

본격적으로 이들과 친해지기에 앞서 고민이 많았다. 어떤 모습을 보여줘야 할까? 내가 언니들에게 이유 없이 의지한 만큼, 나도 동생들이 이유 없이 기댈 수 있는 그런 의젓한 언니이고 싶었다. 어색해하는 동생에게 자연스럽게 말도 붙이고, 아는 것도 많고, 자신에 대한 확신도 있고, 적절히 알아서 잘 이끌어 주는, 멋있고 단단한… 말 그대로 '내가 되고 싶은 어른'인 언니의 모습이 되고 싶었다.

그래서 처음 한두 번은 그런 모습을 연기해봤다. 괜히 "○○야, 밥 잘 먹었어?"라며 끼니를 챙겨주기도 하고, 발표도, 관계도 모든 게 서툴지 않은 척했으며, 나의 미래와 진로는 이미 다 정해진 양 굴었다. 빈 껍데기는 얼마 지나지 않아 그 공허한 속이 드러나는 법. 아직 '언니' 역할에 충분히 숙련되지 않은 나는 곧 바닥을 드러내고 말았다. 발표 수업 때가 되면 덜덜 떨고, 친하지 않은 사람 앞에서는 늘 그렇듯 뚝딱거리고, 누군가를 이끌어 주는 법도 잘 모르는… 시간이 지나며 나의 서툶이 하나둘씩 까발려질 때마다 어디론가 숨고만 싶었다.

그래서 전략을 바꿨다. 100이 아닐 바에는 차라리 마이너스를 택했다. '이상적인 언니 모습'에 실패했으니 회피하기로 한 거다. 최상을 보여주지 못할 거라면 최하를 보여주고, 가능한 나를 낮춰서 '언니'에 대한 기대감을 없애버리기로 했다. '나에게 아무것도 기대하지 말아줘. 차라리 빨리 실망해줘!' 하는 마음으로.

이렇게 생각하고 나서는 아주 약한 자극에도 무너져버리는 사람인 척, 단단한 척하던 모습은 온데간데없고 이번에는 훨씬 더 미숙한 척을 했다. 그냥 괜한 볼멘소리를 내뱉으면서 "난 언니지만 이 모양 이 꼴이야. 그니까 내가 너에게 기대도 괜찮지?"라고 말하고 싶었던 것 같다. 내가 그렇게 언니들을 좋아했던 것만큼 언니라는 호칭이 기어코 나에게 오는 게 어쩐지 많이 부담스러웠기 때문이다.

그렇게 아무것도 쌓아놓은 것 없는 사람인 양 행동하고 나서 집으로 돌아온 뒤에는 종일 자책했다. 언니들에게 받은 안정감을 나도 똑같이 돌려주고 싶었는데, 오히려 동생에게 짐만 더 지워주고 있는 꼴은 아닐까.

왠지 이건 반칙 같았다. 마땅히 돌려줘야 할 것을 돌려주지 않은 느낌이었다. 받을 줄만 알고 베풀 줄은 모르는 사람이 된 것 같은 찝찝함이 들 때면 단지 나이가 어리다는 이유만으로 내게 관대했던 언니들의 모습이 스쳐 지나갔다. 내 느린 말에도 눈을 맞추고 끄덕여주던 언니, 차분히 내 고민을 들어주며 불안함을 잠재워주던 언니, 무슨 말을 해야 할지 몰라 그저 웃던 나에게 "아란이는 어때?" 하고 발언권을 챙겨주던 언니… 그들은 어떻게 그렇게 이상적인 언니의 모습을 갖게 되었을까? 그저 시간이 흐름에 따라 자연스럽게 그런 모습을 갖게 된 걸까?

　나이에 대한 책임을 지기 싫다는 핑계로 내가 되고 싶은 언니의 모습을 그려본 적 없었는데, 이제는 좀 정하고 싶다. 나는 '말하고 싶은 언니'가 되고 싶다. '내 생각을 잘 들어주고 이해해주겠지' 싶은 마음에 시시콜콜 투덜거리고 응석 부릴 수 있는 언니 말이다. 누군가가 나에게 그렇게 투덜거린다면 나는 그저 열심히 들어주고 진심을 다해 공감해주고 싶다. 조언보다는 지금의 나는 어떻게 생각하는지, 그때의 나라면 어떤 선택을 했을지, 시간의 축을 오가며 솔직하고 담백하게 같이 고민해주고 싶다.

　멋있고, 듬직하고, 단단한… 이런 수식어가 붙는 언니의 모습이 되려면 내게는 엄청난 노력이 필요하다. 그 모습을 위해 대체 얼마나 많은 시간 동안 언니이기를 포기해야 하는지 가늠도 할 수 없다. 하지만 말하고 싶은 언니는, '언니라면 내가 뭘 말해도 잘 들어주겠지' 생각이 드는 언니는 지금 당장이라도 될 수 있다. 듣는 건 내 주특기이고, 무엇보다 완벽하지 않아도, 서툴러도 상관없으니까.

　조금 더 욕심을 내자면 '이름을 불러주는 언니'도 되고
싶다. "너는"이 아니라 "○○는?" 하고 좀 더 다정하게 상
대의 존재를 확인해주는 사람. 이름은 불리는 것만으로도
내가 누군가에게 마음을 받고 있구나 싶어 마음이 몽글
해지는 신비함이 있는 단어니까. 내가 "언니"라고 부르는
것만으로도 안정감을 얻었던 것처럼, 그냥 내가 이름을
불러주는 것만으로도 누군가 챙김을 받고 있다는, 다정한
느낌을 받는다면 좋겠다.
　잘 챙겨줘야 한다는 강박이 아니라, 너에게 다정하고
싶다는 강박은 조금 더 느슨한, 그래서 더 따뜻한 강박이
아닐까. 그런 강박 정도는 기꺼이 안고 가는 것이 내가 언
니들한테 받은 이유 없는 다정함을 다시 돌려주는 방법
이라고 믿는다.

더 샅샅이
사랑하기

읽고 쓰는 행위를 더욱 더 사랑해야겠다는 다짐으로 최근 '내방글방'이라는 글 모임을 하고 있다. 매주 일요일 밤 10시, 각자의 방에서 불을 끄고 스탠드만 켜 놓은 채로 핸드폰 너머로 만나 이번 주 읽고 쓴 것들에 대해 이야기한다. 항상 같은 시간, 같은 자리에서.

우리는 서로의 글을 읽고 좋았으면 좋았다고 말하는 것이 전부일 뿐, 딱히 피드백을 남기지도 않는다. 그저 부담 없이 자신의 얘기를 들려주는 게 다인 모임이다. 지금의 공통 목표는 일주일에 완성된 글 두 편을 올리는 것인데 그 완성된 글이라는 건 한 줄이어도 상관없고, 사실 두

편을 올리지 않아도 어떠한 벌칙도 없다 그저 잠깐 잔소리를 듣는 정도? 엄청나게 느슨하지만, 신기할 정도로 잘 굴러가고 있는 이상한 모임이다.

멤버는 나를 포함해 단 두 명이다. 나와 함께하는 그는 나와 어떻게 이렇게 비슷하면서도 다를 수 있나 싶은 사람이다. 그는 전화를 좋아하지만 나는 문자가 더 좋고, 그는 대화하면서 정리하는 타입이지만, 나는 혼자 조용히 끄적이는 게 더 정리가 잘 되는 사람이다. 글 쓰는 스타일도 정말 다르다. 예를 들면 복숭아에 대해 글을 쓴다면, 나는 "말랑 복숭아가 딱딱 복숭아보다 여름의 맛이 더 잘 느껴진다"는 등의 이야기를 쓴다면 그는 "복숭아를 깎으면 마음이 차분해진다. 역시 과일은 깎여야만 하는 운명인가"라며 복숭아의 존재 이유에 대해서 쓴다. 이렇게 다른 우리지만 우리는 같은 고민을 공유한다.

"내 글 너무 쓰레기 같아서 공유하기 싫어."

"글 써야겠다는 생각은 늘 하는데, 막상 쓰는 시간은 0초야…"

"안 쓰면 오히려 스트레스받을 걸 아는데도 나는 왜 안 쓰는 걸까?"

모두 글을 사랑하는 마음에서 시작된 고민이지만, 그렇다고 우리가 딱히 어떤 해결책을 제시하는 것은 아니다. 여러 가지 방법을 생각해보고 미니과제도 내면서 골몰하긴 하지만 '이렇게 해야 해'라고 답을 내리려고 하지 않는다. 아니 오히려 그렇게 확정 짓지 않으려 노력한다는 게 맞을까. 이 모임은 답이나 해결책을 찾는 게 목적이 아니라 그냥 '쓰는 삶'에 대해 이야기하고, 그럼으로써 내가 사랑하는 이 행위를 더욱 사랑할 수 있게 된다는 게 핵심이므로.

강제적인 규칙을 하나도 만들지 않은 것도 비슷한 맥락이다. 우리가 가장 두려워하는 건 일주일에 글을 하나도 쓰지 못했다거나, 목표치를 채우지 못하는 게 아니라 글쓰기와 이 모임 자체가 부담으로 느껴지게 되는 일이다. 외면하고 싶고, 그냥 빨리 해치우고 싶은 시간이 될까 봐, 그렇게 되는 것만은 절대 싫은 나머지 빈칸을 채우

려고 하기보다는 빈칸은 그냥 빈 채로 두고 그 옆에 이것
저것 끄적이는 방식을 택한 걸지도 모른다. 또 그런 규칙
없이도 우리는 잘 굴러갈 수 있다는 깊은 신뢰가 있기 때
문이다. 나랑 같은 고민을 가진 사람, 나만큼 글이 간절한
사람, 글과 책을 사랑하는 사람이 옆에서 하루하루 노력
하고 있다는 걸 떠올리는 자체만으로도 힘이 된다. 위에
말했듯 우리는 너무 다르지만, 또 비슷해서 서로가 이 모
임에 대해, 글에 대해 어떤 마음인지 누구보다도 잘 이해
하고 있으니까.

그래서일까. 이 모임을 통한 글쓰기는 나에게 생각보
다도 더 충만하고 설레는 일이다. 내방글방 모임이 있는
날이면 늘 잠을 설치는데, 물론 모임이 늦게 끝나서도 있
지만 밤새 쿵쾅대는 심장을 자제하기가 힘들기 때문이
다. 엔돌핀이 막 돌면서 기분이 좋고, 뭐든 다 잘될 것 같
고, 갑자기 주변 사람에게 사랑을 전하고 싶고, 좋아하는
이에게 더 다가가고 싶은 그런 기쁨 감정 과잉 상태가 일

주일에 한 번씩 찾아온다니, 참 꿈같은 일이다. 그래서 나는 매주 일요일 잠자리에 누웠을 때, 그 어느 때보다 채워지고 있다는 느낌을 받는다.

미니과제로 읽은 이동진 평론가의 책에 이런 구절이 나온다.

> 책을 사랑하는 행위를 다양하게 하자, 그 행위를 확장시키자는 뜻입니다. 이렇게 샅샅이 사랑하면 책이 더 좋아집니다. 저한테는 이것이 굉장히 중요합니다.

내방글방도 글을, 책을, 쓰는 것을, 읽는 것을 더 샅샅이 사랑하는 행위의 일종이 아닐까. 사실 아직 초창기라서 나무보다는 갈대 같은 모양새에 가까운 모임이지만, 그래서 앞으로 어떻게 변하게 될지 알 수 없지만 어떤 형태로든 계속 그 자리에 있다면 좋겠다. 더 이상 글에 대해 말할 게 없을 때까지. 그리고 나는 우리에게 그런 날은 오지 않을 거라고 감히 확신해본다.

PART 3

나답게

살 때

가장 특별한

내가 된다

특별함과 평범함
그 사이

특별함과 평범함 중 하나를 골라 나를 정의해야 하는 건 나에겐 오랜 딜레마였다. 자꾸만 나를 작아지게 하는 사회가 미워서 괜한 반골 기질로 특별한 사람이 되고자 했으나, 사실 그 생각이야말로 나를 힘들게 하는 장본인이기도 했다. '비교하지 말고 나는 나대로 특별하자'라고 늘 다짐하지만, 그 특별함이란 도대체 뭘까. 늘 뭉뚱그려서 쓴 특별함을 좀 더 명확한 언어로 표현해보고자 한다.

내 기준에서의 특별함은 두 가지로 나뉜다. 바로 에고티즘적 특별함과 셀러브리티적 특별함이다. 에고티즘이란 '자기에 관해서 많이 말하는 성향'이라고 정의되어 있는데, 라이언 홀리데이의 《에고라는 적》에서는 이렇게 표현한다.

> 자기 자신이 가장 중요한 존재라고 믿는 건강하지 못한 믿음. 결국 최소한의 것을 하면서 가능한 한 밖으로부터 많은 관심과 신뢰를 받으려고 한다.

쉽게 요약하면 자의식 과잉, 자아가 비대한 사람 정도로 볼 수 있다. 이를테면 '나는 남들과 다른 특별한 무언가가 있으니 언젠가 성공할 거야', '다들 나를 대단하다고 생각하겠지?'와 같은 생각들이 바로 이 에고티즘적 특별함이다. 이 특별함의 핵심 키워드는 비교와 타인의 인정이다. 남과의 비교로 우월감을 느끼고, 나의 우월함을 뽐내고 싶어 견딜 수 없고, 타인이 제발 나의 이런 특별함을 알아봐 주고 인정해줬으면 하는 것이다. 무언가를 하는 가장 강력한 동기가 그것을 하는 자신의 모습을 SNS에

올려서 '멋진 사람이다'라는 평을 받고 싶은 것이라면 에고티즘적 특별함에 사로잡혀 있는 것일지도 모른다.

셀러브리티적 특별함은 아이유의 〈셀러브리티〉 가사에 잘 나와 있다.

느려도 좋으니
결국 알게 되길
The one and only
You are my celebrity

잊지마
넌 흐린 어둠 사이
왼손으로 그린 별 하나
보이니 그 유일함이
얼마나 아름다운지 말야
You are my celebrity

〈대학내일〉에 "누군가의 성취가 나를 우울하게 할 때" 칼럼을 썼을 때 꽤 많은 사람이 댓글을 달며 공감해주었다. 그때 내가 그들에게 해주고 싶은 이야기가 정확히 이 가사와 같은 맥락이었다. 자신의 노력에 대해 계속 의심하고, 잘 해낸 것은 너무도 쉽게 평가절하하면서, 남보다 못난 부분은 집요하게도 찾아내서 자책하며 본인을 갉아먹는 그 마음… 내가 너무도 잘 알고 있는 그 감정을 토해낸 댓글을 보면서, 그러지 말라고. 그것보다는 그냥 아무 이유 없이 나를 칭찬해주고 인정하는 데 그 마음을 쓰라고 말해주고 싶었다. 노래 가사대로 우리는 유일하고, 그 '유일힘' 자체로 우리는 빛나는 존재들이니까.

에고티즘적 특별함을 지속하게 하는 것은 우월감이다. 누군가보다 우월하다는 것을 근거로 자존감을 채우는 사람은, 마찬가지로 누군가보다 열등한 자신의 모습을 발견할 때마다 무너져 내린다. 결국 우월감과 열등감은 같은 선상에 있기 때문이다. 나보다 못한 타인이 존재해야만 가능한 특별함이다.

반면 셀러브리티적 특별함에는 그저 '나 자신'만이 존재한다. 그러니 이 특별함에는 고유함이 있다. 고유함, 본디부터 있음. 비교는 필요 없다. 특별하기 위해 아등바등할 필요 없이 그냥 발을 딛고 이 세계에 서 있는 것만으로도 나는 고유하고 유일하다. 우린 많은 순간 평범하지만 그 자체로 특별하기도 하니까(출처: Y 언니), 타인에게 나의 특별함을 증명하고 싶어 아등바등하며 괴로워할 필요 없다. 특별함은 이미 '고유함' 자체로 내 안에 있는 것이다. 이미 내 안에 있는 것을 보지 못한 채 공허를 느끼며 건강하지 못한 에고티즘을 좇는 것은 나를 학대하는 것과 다름없다. 그냥 지금처럼 하루하루, 평범하게 살아가면 되는 것이다. 우린 이미 그 자체로 고유하고 특별하니까.

우리나라 사람들은 다들 자기가 시시하지 않다고 생각하는 것 같아요. 지나친 자기 존대랄까요. 자기 스스로 자기를 높이고 내세우는 그런 문화가 있는 것 같습니다. 물론 그건 우리가 너무 업신여김을 당하고 자기 존재의 가치를 무시당하는 사회에 살았기 때문인지도 몰라요. 그래서 내가 나를 안 높이면 안 된다는 의식이 있는지도 모르지만, 그냥 내가 아주 성실하고 진지하게 할 수 있는 일을 하고, 내 나름대로 생각도 하고 표현도 하면서 나 다운 삶을 살아가는 게 가장 멋진 삶이라는 평범한 인생관, 평범한 가치관이 너무나 부족한 것 같아요.

그저 평범하게 보통 사람으로, 자기 삶을 성실하고 진실하게 살겠다고 마음먹는 사람이 많으면 많을수록 건강한 사회가 아닐까 하는 생각을 했을 뿐이죠. 우리 사회는 그야말로 헛된 꿈과 헛된 욕망을 자극하는 계기들이 너무나도 많고요.

_박홍규, 박지원,《읽다가 내내 늙었습니다》중에서

나를 평범한 사람으로 정의하고, 또 그 자체로 고유한 나를 잊지 않고 자존하면서, 때때로는 특별해지는 삶이야말로 바람직한 삶의 자세가 아닐까. 모두가 고유하고, 평범하게, 행복했으면 좋겠다.

취미가 되기를
간절히 원했던 것들

　모아놓으면 그제야 보이는 것들이 있다. 마치 퍼즐처럼. 의도치 않았는데 물병, 샤프, 필통, 핸드폰까지 전부 분홍색이라거나, 의도치 않았는데 최근에 가까워진 애들이 대부분 거침없는 성격이라거나, 의도치 않았는데 내가 찍은 사진은 다 노란빛이라거나… 어쩌면 나는 수많은 의도치 않은 것들의 힘으로 굴러가는 것일지도 모른다. 그리고 보여야만 말할 수 있다.

　"나는 다른 색보다 분홍색을 조금 더 아껴."

　"나는 솔직한 사람한테 끌려."

　무의식적인 행동에 이름을 붙이면 그게 비로소 내 것

이 되는 느낌이다. 최근에 이름 붙일 수 있었던 건 내 취미(사진, 베이킹)에 대한 것인데, 어느 날 문득 내가 사진을 찍지 않았다면 지금보다 한 단계 정도는 더 불행했을 거라는 생각이 들었다. 그런 생각이 들자 이 행위가 내게 주는 의미는 무엇인지, 정말 의도치 않은 것인지 알고 싶었다. 그래서 모아놓고 곰곰히 생각해보기로 했다 내가 취미라고 부를 수 있는 것들, 아니 취미가 되기를 간절히 원했던 것들에 대해서.

정말 거리가 멀게 느껴지는 두 가지, 사진과 베이킹의 공통점은 뭘까? 일단 눈에 보인다. 박력분, 달걀, 버터를 섞으면 그만큼의 반죽이 나오고, 그걸 구우면 또 그만큼의 쿠키가 나온다. 셔터를 누르면 내가 보고 있는 그 순간이 찍힌다. 앞에 있는 햇살의 채도라든가 물결의 모양 같은 것들이 그대로 남는다. 내가 어떤 행위를 하면, 딱 그만큼의 무언가가 존재하게 된다.

그런데 이것만으로는 좀 부족하다. 단순히 확실해서

좋은 것이라면, 그 확실한 것을 눈에 담고 다시 쓰레기통에 버려도 괜찮은 걸까? 나는 왜 이걸 좋아할까, 왜 이걸 취미로 갖고 싶었을까, 카메라를 사고 오븐을 살 때의 마음은 무엇이었을까.

베이킹을 시작하는 마음은 아마 가까운 사람들의 생일 때 직접 만든 무언가를 주고 싶다는 생각 때문이었던 것 같다. 아니, 실은 그것이 케이크가 아니더라도, 생일이 아니라 그냥 아무 날도 아닌 평범한 때이더라도, 심지어는 가까운 사람이 아니더라도 상관없을지 모른다. 그저 그것에 들인 시간과 확실한 결과물로서 증명될 수 있는 내 고백을 보여주고 싶었던 것뿐이다.

사진을 찍는 마음도 마찬가지다. 처음에는 단지 건물 사이에 비치는 구름이나 나무 틈에 놓인 햇살, 빛이 내려앉은 바닥 같은 것을 찍고 싶었을 뿐이었지만, 내 프레임 안에 그런 것들보다 사람이 많이 들어오기 시작하면서 점차 깨달았다. 사진이 담을 수 있는 건 단순히 보이는 것

뿐만이 아니라는 것을. 그것을 넘어서는 보이지 않는 어떤 것, 이를테면 '애정' 같은 것들도 함께 담긴다는 것을.

사진을 찍으며 가장 기뻤던 순간은 "네가 찍은 사진에는 사랑이 너무 잘 느껴져"라는 말을 들었을 때다. 나도 다른 이들처럼 애정을 표현할 수 있는 사람이구나 싶어 안심했기 때문일지도 모른다. 결국 나는 명확한 결과물을 사랑했다기보다는 누군가에게 내 마음을 표현하는 걸 사랑했던 게 아닐까 깨달았고, 내 취미들에 이렇게 이름을 붙이기로 했다.

표현 고자의 표현법

5,000원짜리 미니 저울에 나오는 숫자가 레시피와 1그램도 차이가 나지 않게 하려고 밀가루를 아주아주 작은 티스푼으로 계량하고, 티스푼을 거친 모든 재료를 한곳에 모아서 섞고 치대고, 행여나 그것이 온통 타버릴까 초조해하며 열기 나는 기계 앞에서 서성이는 그 시간이 즐거

운 이유는 내 마음을 물질적으로 전달하는 그 순간 때문이다.

사진 안에 모든 것이 조화롭게 담겼을 때는 말 그대로 엔돌핀이 솟는 느낌이 든다. 피곤할 때 들이켜는 커피가 마치 혈관 하나하나에 에너지를 공급해주는 것 같은 딱 그 기분이다.

"헉, 말도 안 돼, 너무 예쁜데!"

이런 기분 좋은 오버와 감탄이 사진에도 잘 담기기를, 밝기나 휘도 채도를 조절하며 너라는 피사체에 온 신경을 기울였다는 그 에너지의 잔해가 널 기분 좋게 해주기를, 말로 할 수 없는 그 '뉘앙스'가 담긴 사진을 보내주면서, 내가 널 찍으며 이렇게나 행복했다고, 그래서 고맙다고 말해주고 싶었을 뿐이다.

글쓰기도 마찬가지 아닐까. 꽁꽁 숨어 있던 마음들을 잘 빚어서 툭 던져놓고 가는 행위. 던져서 보여주지 않고는 견딜 수 없었을 만큼 넘쳐 흐르고 있었으니까.

아마 내가 말로 표현하는 것에 익숙한 사람이었다면

이 세 가지의 행위 모두에 매력을 느끼지 못했을지도 모른다. 내게 말을 뱉는 건 너무 힘든 일이기 때문에 어쩔 수 없이 다른 표출구를 찾아야 했을 뿐이다. 말은 어떻게 빚어야 할지 생각하기도 전에 내놓아야 하니까, 온전히 누군가에게 전하고 싶은 어떤 것을 담기가 힘드니까. 그런데 글을 쓰고 사진을 찍고 빵을 만드는 건, 오랫동안 생각하고 공들여서 원할 때 보여주면 된다. 그냥 툭 놓고 가면 되니까 아무도 부담을 느끼지 않는다. 그 누구도 재촉하지 않고 내가 혼자서 시간을 얼마나 들였든 상대는 알지 못하는, 그 적당한 불투명함에서 오는 평안을 사랑한다.

그래서 이 취미들은 무언가를 준다는 점에서 기본적으로 타인 지향적으로 보이지만 사실은 이기적인, 좀 더 자기중심적인 취미가 아닐까 싶다. 이타적인 척하지만 가장 큰 목적은 나의 해소이고, 해방일 뿐이니까.

그런 날이 과연 올까 싶지만, 먼 훗날 내가 표현을 잘하는 사람이 되더라도 여전히 이런 행위를 지속하고 싶다. '말을 잘할 때까지만 하는 예행 연습'이 아니라 그저 누군

가를 사랑하는 마음, 친애한다는 마음이 내게 여전히 존재
한다는 것을 매 순간 확인하는 수단으로서 그 마음을 꺼내
놓으면서 사람들에게, 세상에 나를 좀 더 묻히고 싶다.

저는 모순적인
사람입니다

"당신을 한 마디로 정의한다면 어떤 사람입니까?" 하는 질문에 나는 이렇게 적는 게 가장 날 잘 표현할 수 있다고 생각한다.

저는 모순적인 사람입니다.

언제나 자유와 도전의 삶을 동경하면서도 돌이켜보면 늘 안정된 길을 택해왔다. 남들보다 고작 1년 늦는 게 무서워 마음에 들지 않았던 학교에 입학하고, 그렇게 해외 살이를 원했으면서도 교환학생을 포기하고 인턴 지원을 했다. 다양한 도전을 하면서 다채롭고 자유로운 인생을 만들고 싶은 마음 반, 도전의 시간이 결국 시간낭비가 돼서 어디 가서 당당하게 자랑도 못하는 못난 딸래미가, 부족한 친구가 되면 어쩌지? 하는 불안한 마음 반이다. 그렇다고 한 번뿐인 인생인데 남들 하는 대로 따라가는 삶보다는 사회가 정한 길에서 조금 어긋나 보기도 하고, 야무지게 실패도 해보면서 남들에게 자랑할 만한 무용담도 만들고 싶은데, 그러다가도 선택의 순간이 오면 나는 결국 늘 안전하고 무난한 선택을 하고 만다. 내 영혼은 이걸 바라고 있는 게 아닌 것 같은데… 의아하고 찜찜해하면서도.

일에 미치고 싶으면서도, 지나치게 일에 빠지는 건 또 싫다. 예를 들면 9 to 6를 딱딱 지키며 워라밸을 누리는 것보다는 일을 너무 사랑한 나머지 온전히 일에 몰두한 채 사는 워커홀릭이 되고 싶다고 생각했다. 이따금씩 '이렇게까지 일을 사랑해도 될까? 일을 빼면 나는 뭐가 남을까?'라는 생각을 할 정도로, 또 가끔은 슬럼프를 겪기도 하면서 일과 나의 경계가 희미해지는 경험을 해보고 싶다. 누군가 영상 기획하느라 새벽 3시에 퇴근했다는 걸 들었을 때, 힘들겠다는 생각보다는 괜히 내 가슴이 두근두근 뛰었다. 또 한번은 회사에서 영상 당일 기획, 당일 출고를 하느라 머리에 과부하가 왔을 때가 있었는데 그 바쁘고 정신없는 몰두의 과정이 너무나 재미있어 집에 와서도 두근거림에 새벽 4시까지 잠을 못 잔 적도 있었다. '나 이만큼 일을 사랑한다. 멋있지?' 하는 마음이랄까.

하지만 그러면서도 내 시간이 없는 생활은 내게 너무나 치명적이라는 것 또한 잘 알고 있다. 그래서 회사가, 일이 내 삶의 전부가 될 수는 없다. 사람이 미어터지는 지하철에서도 꿋꿋하게 이북을 노려보는 것도, 졸린 눈을 부여잡고 지금도 이렇게 글을 쓰고 있는 것도, 나만의 시간 안에서 일 외에 나를 위한 무언가를 하고 싶은 마음에서다. 없는 기력을 쥐어 짜내서라도!

사람들을 너무 좋아하지만 관계는 내게 너무 힘든 일

이다. '사람'은 내게 빼놓을 수 없는 키워드인데 관계 맺기를 가볍게 감당할 수 있을 만큼 외향적인 사람은 아니기 때문이다. 아직 잘 알지 못하는 사람들과 스스럼없이 이야기하고, 친해지는 게 재미있어서 정신 빼놓고 만나다가 막상 해야 할 일을 하지 못하는 나 자신이 이해가 가지 않는다.

그럼에도 사람에게 궁금한 게 너무 많고, 나 없는 자리에서 어떤 재미있는 일이 생길까 궁금해서 할 일이 많음에도 또 무리해서라도 나간다. 아무 생각 없이 술자리를 즐기고 솔직해지다가 집에 와서는 '아, 아, 아, 왜 그런 말을 했을까!' 하면서 혼자 미친 듯이 이불킥을 하는… 도대체 어쩌라는 건지 모르겠는 나의 이 이중적인 모습을 보는 게 이제는 그냥 어이없고 웃기다.

아마도 내가 이렇게 모순적인 사람이라 선택에 대한 두려움이 있는 걸지도 모르겠다. 어느 쪽을 선택해도 선택하지 않은 쪽의 나는 어땠을까 끊임없이 그려보며 미련이 남을 테니까. 자유를 선택하고 나면, '안정적인 삶이 더 좋지 않았을까?' 그려보게 되고, 편하게 칼퇴하며 회사를 다니면, '나는 지금 무언가를 얻지 못하고 있는 건 아닐까?' 하며 불안해하고, 사람들과 신나게 놀고 나면, '차라리 혼자 있는 게 더 충전되지 않았을까?' 하며 또 다른 선택의 상황을 곱씹게 되는 정말 피곤한 성격이다.

대체 어떻게 해야 할지 아직은 마땅한 해결책이 떠오르지 않지만, 어느 한 길만 정하기에는, 한쪽만 선택하기에는 아직 나는 좋아하는 게 너무 많다. 어쩔 수 없다. 그냥 부지런히 이것도 해보고, 저것도 해보면서 모순적인 삶을 즐겨보는 수밖에!

메모가 있는
공간이 좋은 이유

영화 같은 순간을 좋아한다. '영화 같다'는 표현 자체에
이미 드물게 낭만적인 상황이라는 뜻이 담겨 있어서 좋
아한다고 하는 게 새삼스럽게 느껴질 수 있겠지만 내가
말하는 영화 같은 순간은 첫눈에 사랑에 빠져 모든 것이
슬로우모션으로 보이고, 절체절명의 순간 구원의 손길이
뻗어져 오는 그런 장면은 아니다. 그것보다는 조금 더 현
실적이지만 그렇다고 현실에서는 극히 드물게 일어나는,
그래서 픽션처럼 느껴지는 그런 순간들을 말한다. 일면식
도 없는 타인에게 대가 없는 선의를 베풀고, 처음 본 사람
앞에서 속내를 털어놓으며 소리 내어 엉엉 울고, 잘 모르

는 이의 한 마디에 내 안의 무언가가 터져버리는 그런 순간들 말이다. 쌓여있는 먼지가 없는 관계이기에 오히려 진정한 위로를 주고받을 수 있는 그런 순간들.

이런 낭만적인 순간을 경험할 수 있는 곳을 나는 알고 있다. 아무런 노력 없이, 그저 찾아가는 것만으로도 영화의 한 장면 속에 서 있을 수 있는 곳. 바로 메모가 있는 공간이다.

게스트하우스의 휴게실이나, 작은 로컬 서점의 방명록, 혼자 오는 여행자가 많이 들리는 술집처럼 불특정 다수가 스치듯 머무르다가 번뜩 무언가라도 남겨야겠다는 마음을 먹게 되는 그런 곳들. 지금 남기지 않으면 사라질 정리되지 않은 감정과 생각이 뒤죽박죽 섞여 있는 곳. 이런 공간에서 조각난 글을 읽다가 갑자기 피식 웃거나, 사색에 빠지거나, 그에 대해 내 나름의 답을 생각하거나, 그 글이 유독 마음에 깊이 박혔던 경험이 한번쯤은 있을 것이다.

메모 속 사람들은 참 쓸데없이 뜬금없다. 어떤 맥락도 설명해주지 않고 곧바로 자기감정에 대해 말한다.

　내 선택에 확신이 없어 바다를 걸으러 왔다.
　지금 잘살고 있는 게 맞을까?
　오늘은 왠지 삶에 회의감이 드네….

그런가 하면 또 쓸데없이 친절하다. 누군가 남긴 메모에 위로를 받았다고 적어두기도 하고, 또 "어떤 선택이든 후회가 남기 마련이죠"라며 위로를 남기도 한다.

심지어는 이상할 정도로 솔직하기까지 하다. 누구에게도 털어놓지 않고 꽁꽁 숨겨두었던 이야기를 모조리 풀어놓고 간다. 메모를 남기면서 비로소 처음 마주한 것 같은 감정들까지. 그것도 아주 담담하게.

　이 결혼을 해야 하는 건지 모르겠다….
　가끔 엄마 아빠가 밉다. 이런 생각을 하는 나는 더

밉다.

친구의 기쁜 일을 진심으로 축하해주지 못하는 내가 너무 못났다.

어찌 보면 감상에 젖어서 쓴 두서없는 메모다. 정리하지도 못하고 쏟아내기에 급급했던 마음이다. 아마 인터넷에서 봤다면 그저 뻔한 고민이라고, 오글거리는 문장이라고 생각하며 그냥 지나쳤을지도 모른다. 열등감과 미움과 질투, 삶에 대한 후회와 우울함 등 온갖 긍정적이지 않은 감정들이 뭉쳐있어 엉망진창이고 질서 없는 글인데도, 읽는 것만으로도 애틋한 마음이 들고 그들에게 위로를 건네고 싶은 건 왜일까? 그들의 메모 한가운데에 있으면, 나는 이들의 솔직함에 작은 성의 표시를 하고 싶어 뭐라도 적어두고 싶어진다. 지금 적지 않으면 사라졌을 마음들을 남기면서, 그 솔직함의 연대에 동참하게 된다. 내 솔직함이 다른 사람에게도 용기를 주기 바라는 마음으로 메모를 쓰고, 붙이면서 묘한 동질감마저 느끼게 된다.

당신은 이 공간에서 이만큼이나 솔직해지셨군요. 저도 솔직해져 볼게요. 제 글을 읽게 될 당신도 솔직해지기를 바라며.

뭐라 설명하기 어려운 마음의 울림이 왜 일어나는지는 알 수 없지만, 아마 이 공간에는 작은 포스트잇에 차마 다 담지 못해 흘러넘친 마음이 엮여 기묘한 화학작용을 일으킨 게 아닌가 싶다. 쓰고 떠난 사람들은 결코 예상하지 못했을 거대한 화학작용. 솔직함과 솔직함이, 메모와 답장이 연결돼서 만들어내는, 텍스트 그 자체를 넘어서는 감정의 집합체. 그러지 않고서야 이름도, 얼굴도 모르는 그저 텍스트로만 존재하는 이들의 서사와 감정에 위로받고, 진심으로 위로해주고 싶어지고, 심지어는 꽉 안아주고 싶은 감정까지 든다는 게 설명이 되지 않는다.

결코 그 사람이 볼 리 없는 답장을 굳이 남기고 가는 번거로움을 감수하는 것도, 살면서 이렇게 순식간에 솔직해져 본 적이 있었나 싶게 내 감정을 직접 마주할 용기가

생기는 것도, 얼굴 한 번 본적 없는 이의 행복을 진심을
다해 응원하게 되는 것도… 이런 순간들이야말로 다른 거
창한 것보다 진정 영화 같은 순간들이 아닐까.

행복은
초가을의 노을 같은 것

　퇴근길 지하철에서 내려 아주 잠깐 분홍색이 칠해진 예쁜 하늘을 봤다. 서둘러 그 색을 카메라에 담고 보정하고, 엄마와 잠깐 통화하는 사이에 분홍색인 이미 저 뒤로 넘어가버렸다. 분홍빛 하늘은 그렇게 짧은 순간 사라졌다. 머지않아 주변이 어느새 어둠으로 가득해지고 나니 아쉬웠다. 좀 더 옆에 있을 줄 알았는데 그새 없어졌다고? 그럼 사진을 찍을 게 아니라, 보정을 할 게 아니라 그냥 가만히 하늘을 보고 있을걸.

　여름의 노을에 익숙해져 잠시 잊고 있었다. 여름의 노을이 유달리 배려심이 많아서 내가 저를 두고 한눈파는 걸 기다려준 것일 뿐, 노을은 원래 아주 잠깐 머물다 휙 가버리는 매정한 존재라는 것을. 여름 노을의 배려에 익숙해졌다가, 이렇게 초가을의 노을을 만나게 되면 당황스럽다. 노을이 이렇게 짧았다고? 그러다 문득 어쩌면 행복은 초가을의 노을 같은 것이 아닐까 생각했다. 아주 짧게 지나가 버려서 내가 직접 고개를 내밀고 달려가서 적극적으로 쟁취해야 하는데 그저 가만히 기다리고만 있는 것, 으레 그런 줄 아는 것.

예쁜 노을을 보고 싶다고 생각한 적은 아주 많지만 해가 지는 시간을 확인하고 그 시간에 맞춰서 해 지는 하늘을 보러 나가야겠다고 마음먹은 적은 없다. 일출은 시간을 칼같이 계산해서 보러 가는데, 일몰은 그보다 더 보기 쉬운데 왜 적극적으로 눈에 담으려 하지 않았을까? 남들이 인스타에 올리는 황홀한 노을 사진을 보며 부러워하면서도 내가 굳이 그 그림을 담으려는 노력은 하지 않았다. 그냥 예쁜 노을이 내 눈앞에 알아서, 우연히 찾아오길 바랐다. 어쩌다 한 번 노을을 마주할 때면 아주 만족했고, 거기서 끝이었다.

내 노을은 내가 알아서 챙겨야 한다. 예쁜 하늘을 보고 싶다면 해가 언제 지는지 알아보고 밖에 나가 있어야 한다. 해가 지는 모습을 사랑해서 의자를 마흔두 번이나 옮겨 그 모습을 감상한 어린왕자처럼 말이다. 노을이 예쁘게 지는 날, 마침 노을이 지는 시간에, 해가 넘어가는 게 잘 보이는 장소에 우연히 도착하기를 기대해서는 안 된다. 이 삼박자가 모두 곱해져서 만들어지는 행운은 잘 찾아오지 않는다. 어쩌다 한 번일 뿐이다.

행복도 마찬가지다. 행복한 순간이 생기기를, 기분 좋아지는 일이 생기기를 멀뚱멀뚱 기다리고만 있으면 안 된다. 스스로 행복해지는 법을 알아야 하고, 그걸 부지런히 행해야 한다. 나는 이걸 '필승의 행복법'이라고 부른다. 기분이 안 좋을 때는 내가 좋아하는 러쉬로 샤워를 하거나 좋아하는 노래를 틀고 글을 쓰는 등 적극적인 행동을

해야 한다. 억지로, 계획적으로라도 그렇게 해야만 행복
해질 수 있다.

노을도, 행복도 아주 짧은 순간이다. 좋다고 생각하는
순간 금세 넘어가 버린다. 방금 하늘이 어떤 색이었는지,
내가 행복을 느꼈던 순간은 어떤 때였는지, 어리둥절할
정도로 아주 빠르게 지나간다. 그래서 그 짧은 순간들을
적극적으로 찾아내야 한다. 내가 발로 뛰어야 한다. '누가
그런 걸 의식적으로, 계획해서 해?'라는 생각은 금물이다.
오히려 조금 오버스러워야 행복해질 수 있다. 그래서 내
일부터는 날씨가 맑은 날에 힘을 내서 서쪽으로 걸어가
볼까 한다. 내가 지금 걷고 있는 곳이 우연히 서쪽이기를
바라기보다는.

초가을 노을과 행복의 공통점

1. 짧다. 순간적이다. 오래 지속되지 않는다.
2. 우연히 찾아오길 기다리기만 해선 안 된다. 보고

싶으면 내가 직접 움직여야 한다.

3. 인스타에서 많이 보인다. 맨날 나만 없다.

4. 계획적으로 의식적으로 하려 하면 왠지 오버 같다. 그치만 어쩔! 내가 좋으면 된 거다.

단단한 사람이
되고 싶지는 않아

스무 살 때부터 연말에 다이어리를 정리할 때 늘 빠지지 않고 적는 다짐이 있다.

> 내년에는 더 단단한 사람이 되어야지. 좀 더 성장한 내가 되기를.

1년을 되돌아보면 항상 스스로가 그다지 마음에 들지 않았고, 일상은 뭔가 너저분했으며, 별거 아닌 일들에 너무 쉽게 흔들린 것 같아 한 해를 마무리할 때마다 단단한 사람이 되겠다는 다짐을 했다. 중심이 없어서 힘든 거라고, 내가 좀 더 단단해진다면 이렇게 마음에 들지 않는 나날들을 보내지는 않겠지 싶었다.

그런데 요즘의 나는 성장을 바라기보다는 오히려 두려워하는 듯하다. 나이를 먹으면 반드시 해야만 하는 것, 사회의 일원으로 무난히 살 수 있게 하는 것, 더 이상은 거부할 수 없는 것들이 점점 두려워졌다. 한편으로는 나이를 먹고, 그만큼의 경험치가 쌓이다 보면 굳이 바라지 않아도 어떤 식으로든 성장은 하게 될 테니, 그 'must'가 왠지 갑갑하게 느껴진다. 그래서 괜한 반골 기질로 하기 싫다고 외치는 것일 수도 있다.

일단 나이가 점점 많아지는 외부적 성장이 두렵다. 스스로 밥벌이를 하고, 생계를 책임지고, 인생을 알아서 개척해나가야 하고, 내 모든 선택에 책임을 저야 한다는 게 말도 안 되는 일 같이 느껴진다. 나는 고등학생 때랑 아직 달라진 게 없는 것 같은데, 이 무거운 책임감을 떠안아야 하는 게 두려움으로 다가왔다. 또 내가 그나마 잘한다고 생각했던 것들이 나이를 먹을수록 으레 그 정도는 다 해야 마땅한 게 되어버리니 더 이상 '잘하는 아이'가 될 수 없는 것도 싫었다. 내 능력을 나이와 같이 레벨업 할 자신이 없다.

그뿐인가, '단단해진다'라고 말한 내부적 성장 또한 두렵다. 정말 단단하다는 게 뭔지도 모르겠고 그걸 내가 정말 원하는지도 확신할 수 없다. 단단하다는 건 아마 외부 자극에 흔들리지 않고, 바위처럼 중심이 딱 잡혀있는 걸 말하는 것일 텐데, 내가 정말 그렇게 되고 싶은 걸까? 예를 들면 봄바람에 벚꽃잎이 떨어지는 걸 봐도 더 이상 조마조마하지 않고, 마음을 울리는 문장을 봐도 '어떻게 이런…!' 감탄사와 함께 온 얼굴을 구기며 어쩔 줄 모르는 사람이 아니라, '좋다'라는 무미건조한 감상이 끝일 뿐인 그런 사람이 되고 싶은 걸까.

나는 여전히 밤 버스에서 노래를 들으며 눈물 흘릴 정도로 감성적인 사람이고 싶고, 누군가에게 서운한 마음을 전하며 투덜거리는 미숙한 사람이고 싶다. 쿡 누르면 푹

들어가는 흐물흐물한 사람.

아무리 눌러도 눌리지 않는 바위 같은 사람이 되면 나는 더 이상 글을 쓸 수 없어지는 게 아닐까. 그저 파도치는 소리를 들으며 몇 시간씩이나 가만히 눈 감고 있을 수 있는 유난스러움이랄지, 좋아하는 노래 하나만 들어도 다시 세상을 힘내서 살고 싶어지는 이 단순함이 있어야만 나는 지금의 나처럼 생각하고 쓸 수 있는 게 아닐까.

단단해지고 싶은 동시에 모든 것들에 늘 처음처럼 감동하고 싶다. 그래서 내면적 성장을 바라면서도 한편으로는 미성숙한 모습일지라도 어린아이 같은 모습 그대로 남아있고 싶다. 세계의 감동에 내가 무뎌지는 것이 두려워서.

또 내가 성장했을 때 지금의 내 모습을 잊게 될까 봐 두렵기도 하다. 지금의 나는 아주 버겁게 일상을 살아가고 있고, 또 하루하루 버텨내고 있는데 훗날의 단단해진 내가 지금의 나를 떠올렸을 때 '그때 참 철이 없었네'라는 식으로 평가하게 될까 두렵다.

예를 들어 원하는 회사에 취업하고 몇 년이 흐르고 나면, 내가 취업을 준비할 때 미친 듯이 힘들었던 때를 떠올리며 그저 '그때가 좋았지'라는 식으로 얼버무리게 될 수도 있지 않은가. 내가 나를 가장 잘 알아줘야 하는데, 누구보다 내가 내 힘듦을 가장 잘 알고 공감해줄 수 있어야 하는데 그런 것들을 잊게 된다는 게 싫다. 지금의 나를 그저 추억 속 잔상 정도가 아니라 아주아주 생생하게 기억하고 싶다.

내 순수함이나 과거를 떠올리는 기억력이 자꾸만 침식되고, 깎이고, 무뎌지는 게 싫다. 그래서 이제 나는 단단한 사람이 되겠다는 다짐보다는, 늘 감동하고, 세상을 풍부하게 느끼게 해주는 내 안의 어린아이를 잃지 않는 사람이 되겠다고 다짐한다.

죽음에 대해
쿨한 척하지 않기

불멸의 삶을 바라서 탐욕을 부리다가 결국은 처참한 최후를 맞이하는 빌런 캐릭터. 어렸을 적 보던 애니메이션에 자주 등장하는 단골 캐릭터인데, 어릴 때 과자를 까먹으니 TV를 보다가 문득 '대체 왜 영생을 원하는 걸까?', '삶이 그렇게 즐거운 건가?' 생각했다. 그리고 10년이 지난 후 좀비물을 보며 똑같은 생각을 했다. '저렇게까지 살고 싶나?', '두려움을 느끼면서 쫓길 바에는 난 그냥 제일 먼저 죽어버릴래. 난 죽는 게 하나도 두렵지 않아'.

셰익스피어의 〈리어 왕〉을 보면 눈을 잃은 글로스터 백작이 삶에 대한 의지를 잃고 생을 마감할 생각으로 옆에 있는 거지에게 자신을 절벽으로 데려다 달라고 부탁하는 장면이 나온다. 그의 아들 에드가는 정체를 숨기고 아버지를 아주 낮은 언덕으로 데려간다. 글로스터는 높은 절벽인 줄 알고 그곳에서 삶을 끝내려 뛰어내렸지만, 당연히 죽지 않았다. 그때 글로스터는 탄식한다.

"죽는 것도 내 마음대로 하지 못하는구나."

그 장면을 보면서 내가 글로스터라도 그냥 삶을 놓아버리고 싶었을 텐데, 아들의 괜한 배려라고 생각했다. 그러니까 기본적으로 나는 죽음을 굉장히 가볍게 생각하는 사람이었고, 그래서 자주 이렇게 말하고 다녔다.

"난 단명이 꿈이야. 오래 살기 싫어. 한 50대쯤에 죽고 싶어."

애초에 오래 살고 싶다는 욕망 자체를 이해하지 못하기도 했는데, 사실 이렇게 생각하는 데에는 현실적인 이유가 많았다. 언제 올지 모르는 미래를 위해 현재의 행복을 포기하는 게 싫었다. 작게는 저축을 위해 카페의 시그

니처 메뉴 말고 아메리카노를 고르는 삶을 살아야 한다는 압박이 싫었다. 또 크게는 먼 미래를 생각하는 순간, 안 그래도 복잡해 죽겠는 삶이 더 심연으로 들어가는 듯한 느낌에 숨이 턱 막혀왔다.

콘텐츠 만드는 일이나 광고 문구 쓰는 일을 하고 싶다가도 그런 일은 트렌드에 뒤처지면 끝이니 4~50대까지 계속 일을 할 수 있을지에 대한 두려움, 그럼 그 뒤에는 뭘 해 먹고 살지에 대한 막막함이 몰려온다. 그럼 정년과 노후를 위해 공무원을 선택해야 하나 싶다가도 정년을 꽉 채워 일한다고 해도, 정년이 지난 다음에는 무슨 재미로 살아야 하나 싶은 걱정이 몰려온다.

현대 사회의 평균 수명을 생각하면 걱정해야 할 문제들이 산더미고, 그 걱정 때문에 정작 내가 갈 길을 잃어버리는 게 싫었다. 닥치기 전까지는 딱히 답이 보이지 않는 이 고민들이 꼬리에 꼬리를 물고 나를 우울하게 했다. 이 우울의 연쇄고리를 끊고 싶어서 그냥 '난 짧고 굵게 살래' 하고 일단락 맺었다. 밑 빠진 독에 부어지는 걱정을 '단명'

이라는 테이프로 대충 칭칭 감고 그 문제가 해결된 척했던 셈이다.

그래 놓고선 아주 긍정적이고 진보적인 생각이라며, "니체는 오히려 스스로 삶을 마감하는 걸 긍정적으로 봤대"라며 괜히 니체의 말도 막 갖다 붙였다. 물론 니체의 그 말은 나의 가볍디 가벼운 단명의 이유와는 다른 맥락이었겠지만.

사실 죽음에 별 미련 없어 보이는 태도가 좀 쿨해 보이기도 했던 것 같다. 왠지 주관이 뚜렷해 보이고, 예술가 같기도 하고, 자유로운 영혼 같고, 자신만의 세계가 있을 것 같고…. 가끔 책을 읽다가 자신의 죽음을 설계한 뒤 스스로 고귀하게 목숨을 끊은 예술가 이야기가 나오면, 고개를 끄덕이며 '역시 단명하겠다는 내 계획은 인생을 주체적으로 사는 방법 중 하나였네!' 하며 괜히 동질감을 느끼고 뿌듯해했다.

그날도 그런 자부심에 차 있던 날 중 하나였다. 동네

친구들과 미래에 대한 이야기를 하던 중이었다.

"우리 그냥 실버타운에서 같이 살자."

"근데 그러려면 돈 많이 벌어야 되잖아."

"얼마나 벌어야 될까?"

"그 전에 집부터 사야 되는데."

노년에 대한 막연하고 현실적인 고민들을 이야기하다가 툭 던졌다.

"난 아직 먼 미래 때문에 지금부터 우리가 이렇게 걱정해야 되는 게 싫어. 난 그냥 빨리 죽을래. 어느 정도 살았다 싶으면 스위스 가서 안락사하고 싶어."

그때 친구가 눈썹을 찡그리며 "너 그런 말 함부로라도 하지 마. 너 혼자서 그런 생각 하는 건 상관없는데, 내 앞에서 얘기하진 마"라며 속상함을 내비치는데 아차 싶었다. 내가 너무 오만했구나.

생각해보면, 영화를 볼 때 내가 울게 되는 포인트는 어떤 캐릭터의 죽음 그 자체보다도, 그것을 둘러싼 주변인의 반응이었다. 주변인들이 그와의 추억을 회상하고, 이

루지 못한 꿈을 대신 이뤄주기 위해 최선을 다하고, 진심을 다해 애도하는… 한 사람이 남기고 가는 수많은 변화를 볼 때 눈물이 고였다. 가상의 이야기에도 그렇게 진심을 다해 안타까워했으면서, 난 왜 내 죽음에 대한 얘기를 깃털보다도 가볍게, 소중한 사람들에게 마구 떠벌리고 다녔던 걸까.

동시에 내가 괘씸하기도 했다. 나는 젊고 건강해서 생명력이 넘치는 상태니까 빨리 죽고 싶다는 말을 아무렇지 않게 할 수 있는 거겠지만, 그런 말이 누군가에게는 상처가 될 수도 있을 테니까.

너무도 가볍게 삶을 끝내고 싶다는 말을 내뱉는 것은, 죽음에 대해 전혀 진지하게 생각해보지 않은, 건강한 사람만이 할 수 있는 일종의 기만일 뿐이었다. 멕시코 화가 프리다 칼로는 일곱 차례 척추 수술을 받고 몸이 망가져가는 절망의 상황에서도 "그럼에도 불구하고 살고싶다", "그럼에도 인생이여 만세(Viva la vida)!"라고 외치며 삶을 갈망했는데 나 따위가 뭐라고 삶의 가치를 그렇게 평가절하했었나. 프리다 칼로를 비롯해 절망적인 상황에서도 삶을 긍정한 많은 이에게 미안한 마음이 들면서 어디론가 숨고 싶은 기분이었다. 저승사자가 가만히 듣고 있다가 괘씸해서 "그래, 넌 예정보다 더 일찍 데려가 주마"라고 해도 할 말이 없을 것 같았다.

내가 빨리 죽고 싶다고 생각한 이유는 결국 그냥 겁쟁이의 회피일 뿐이었다. 보잘것없고 한없이 가벼운 마음이다. 안개가 가득 차 있어 도무지 앞이 보이지 않는 삶의 길을 걸어가면서 스스로 그 안개를 헤쳐 나가는 게 자신 없으니까 차라리 완주를 포기하겠다는 나약한 마음일 뿐이다. 앞으로 느낄 절망감이 두려우니 그냥 아무것도 하지 않고 일찍 죽겠다는 생각, 이 얼마나 수동적이고 무력한 발상인가? 삶의 주인공이 할 만한 발상은 아니다. 영화 초반쯤 우르르 휩쓸려 죽어버려서 기억도 나지 않는 엑스트라의 발상이지.

항상 이렇게 허무하게, 막무가내로 미래에 대한 고민

을 시작조차 하지 않고 끝내버렸으니, 당연히 나의 몇십 년 후가 어떤 모습일지에 대해서 상상해본 적도 없었다. 비교적 가까운 미래조차도 그려보지 않았다. 고작 내년, 내후년의 변화를 그려보는 정도가 내 미래를 향한 고민의 전부였다.

사실 나는 여전히 삶이 두렵다. 하지만 이제는 안다. 빨리 죽고 싶다는 말은 용감하고 확고한 내가 아니라 오히려 겁쟁이인 나에게서 나온 거라는 걸. 그러니까 이제는 쿨한 척 죽음에 대해 말하기보다는 그냥 되고 싶은 어른의 모습을 부지런히 그려보면서 앞으로 펼쳐질 내 길고 긴 인생과 맞서 싸울 것이다. 땅에 내딛고 있는 이 두 발을 믿으면서.

인생의 길 끝에 있는 안개 같은 행복들아, 기다려라. 몽땅 찾아내서 끝장나게 즐겨주마!

다람쥐가 도토리를
줍는 마음으로

"인간은 애초에 고통받는 존재다"라는 말은, 행복은 없다가 있어야만 느낄 수 있는 것이니 대개 행복하지 않은 날들을 살아갈 수밖에 없다는 것 아닐까.

행복은 지속성이 짧은 '순간'일 뿐이라서, 인생의 목표 그 자체가 될 수는 없다. 궁극적인 목표가 아니라 필요할 때마다 꺼낼 수 있는 포션 같은 거다. 왠지 힘든 날, "행복 포션 주입해야겠다!" 하고 후다닥 마실 수 있는, 포션을 많이 적립할수록 행복한 사람이 되는 거다.

감정에는 두 층위가 있다. 심층구조와 표층구조. 심층

구조는 큰 동요가 없지만, 표층구조는 시시각각 바뀐다. 성취감, 황홀감같이 특별한 순간 밀려오는 '파도 같은 행복'이 심층구조의 행복이라면, 소소한 만족감, 순간의 기쁨 같은 '잔잔한 행복'이 표층구조의 행복이다.

표층구조에서의 행복은 즉각적이고 바로 실행할 수 있다. 냉장고 속 마카롱이라든가, 여유롭게 커피 한잔 마시기, 노래 들으며 필사하기, 좋아하는 바디워시로 샤워하기 등 기분이 좋아지지 않을 수 없고 바로 행할 수 있는 행동들이다. 기분이 가라앉는 것 같을 때 그걸 막을 수단으로 잘 써먹을 수 있는, 이 방법들을 쫌쫌따리 잘 모아놔야 한다. 마치 다람쥐가 도토리를 줍는 것처럼.

심층구조에서 행복을 느끼려면 아주 큰 일이어야만 한다. 대학이나 시험에 합격하는 등의 일생일대의 중요한 일들. 그리고 이를 위해서는 어느 정도의 괴로움이 필수적이다. 시험 합격이라는 심층구조의 행복을 얻기 위해서는 오랜 시간 표층구조의 행복(넷플릭스 보면서 맛있는 거 먹기, 하루 종일 침대에서 뒹굴거리기 등)을 포기해야 하기 때문이다.

심층구조의 행복은 표층구조의 행복보다야 오래 가고 그 농도가 짙겠지만 그렇다고 지속되지는 않는다. 본래의 잔잔한 상태로 돌아가려는 회복탄력성이 아주 강한 층위이기 때문이다. 잠깐 요동치더라도 얼마 가지 않아 다시 평온한 상태로 돌아온다.

물론 절제와 괴로움을 동반해야만 얻어지는 표층구조의 행복도 있다. 미라클 모닝 루틴을 만들어서 아침에 글을 쓰는 게 목표라면, 눈을 뜰 때마다 '아, 그냥 좀만 더 잘까?' 하는 생각이 들 것이다. 그럴 때 내면의 유혹을 이겨내고 결국 하고자 했던 무언가를 행했을 때 행복을 느낀다. 이러한 괴로움을 이겨낸 뒤 느끼는 행복들이 축적된다면 결국 심층구조의 행복으로까지 이어질 수 있을 것이다. 그러니까 냉장고 속 마카롱 같은 즉각적인 행복이 '퐁당'이라면, 괴로움을 동반한 행복은 '풍덩'이라 심층구조까지 건드릴 수 있는 것이다.

행복에 대해 자꾸만 이런 고찰을 하니까 되게 거창해

보이지만, 실은 별거 아니다. 그저 '불행하지 않은 상태' 정도랄까. 심층구조가 그저 아무런 변화 없이 잔잔할 때가 실은 행복한 상태일 수 있다. 방송인 홍진경 님의 "행복은 자려고 누웠을 때 마음에 걸리는 게 하나도 없는 것"이라는 말처럼.

우리는 행복을 엄청난 벅차오름이나 카타르시스라고 생각하지만, 인생에 그런 순간들이 과연 몇 번이나 있을까. 그런 행복도 언젠가는 사라져버린다. 그렇기에 중요한 것은 행복이 실은 별것 아니라는 것을 인정하고, 오히려 그 별것 아닌 순간을 잡으려고 노력해야 한다는 것이다.

'행복이 뭘까', '나는 행복한 삶을 살 수 있을까' 생각하기보다 당장 나가서 동네 산책을 하고, 제철 과일을 사 먹는 게 더 행복한 삶에 가깝지 않을까. 어쩌면 '소소하고 확실한 행복'이라는 말이야말로 행복의 본질인 것 같다. 행복은 애초에 작고, 쉽고, 구체적인 것이니까.

'나는 행복해야 해, 행복해야 해'라며 행복에 집착할 필요는 없다. 하루하루가 행복하고 충만한 삶은 사실 허상

일지도 모른다. 내가 무엇을 할 때 행복한지, 그 순간이
어떤 때인지 수집하는 마음으로 사는 것만으로도 우리는
충분히 행복할 수 있을 것이다.

누군가의 성취가
나를 기쁘게 할 때

최근 조금 낯설면서도 굉장히 생소한 감정을 느끼게 되었다. B가 대기업 인턴에 합격했을 때, J가 그와 정말 잘 어울리는 회사에 취직하게 됐을 때… 가까운 이들의 좋은 일에 어떠한 불순물 없이 진심으로 기쁘기만 한 감정을 느꼈다. 듣는 순간 심장이 뛰고, 엔돌핀이 돌아서, 순식간에 몸이 뜨거워지고, '아악!' 소리 지르거나 어깨춤을 추며 몸을 흔들지 않고서는 못 배기는 상태랄까. 상투적인 말이 아니라 정말 내가 무언가를 이룬 것만 같은 감정의 전이를 느꼈다.

예전의 나를 생각해보면 정말 놀라운 경험이다. 그때

의 나는 열등감이나 비교, 불안, 초조 같은 단어들이 나를 끈질기게도 괴롭혔기 때문이다. 눈에 채이는 모든 것들이 나를 불안하게 했다. 심지어는 나와 학교도 다르고 별로 볼 일도 없는 어린 동생이 매일 같이 밤을 샌다거나 하루에 두세 개의 스케줄을 소화하는 모습을 보는 것조차도 나는 힘겨웠다.

'아 어떡하지, 나는 밤샐 정도로 해야 할 일들이 없는데… 일을 더 만들어야 하나?'

'저렇게 밤새며 일하는 애도 있는 내가 뭐가 힘들다고 찡찡대고 있는 거야.'

모든 것에 비교를 끼었으며 굳이 우울해하는 사람이었으니, 내가 정말 아끼는 이들의 좋은 일도 온전히 축하해주지 못했고 솔직히는 속으로 잘 안되기를 바란 적도 있었다.

내가 늘 꿈꿔왔던 대학으로 편입을 준비하던 친구가 있었다. 그 친구가 오랜 시간 얼마나 노력했고, 불안감에

잠도 못 잤는지 너무나 잘 알면서도 나는 내심 그곳만은
붙지 않았으면 바라곤 했다. '진심으로 네가 잘되길 바라
는, 그 학교는 아니었으면 좋겠어'라는 이중적인 감정.

친구의 합격 발표가 다가올수록 '에이, 설마 되겠어?'
하며 내 불안을 잠재우려 했던 내 모습은 정말 별로였다.
결국 그 친구가 합격했을 때 축하를 건네면서도 그것보
다 더 깊은 농도의 우울감에 빠지는 내가 너무 후져서 견
딜 수가 없었다. 정말 친한 친구인데도 진심으로 축하해
주지 못하는 내가 너무 병든 사람 같았다.

애초에 내가 글을 쓰게 된 것도 그런 우울하고 불안정
한 마음이 제발 좀 없어졌으면 하는 간절함에서였는데,
나의 관성 같던 그런 면들이 이제는, 아니 요즘은 보이지
않아서 실은 기적 같다고까지 느껴진다. 예전이라면 친
구들이 좋은 소식을 전할 때 "우와!"보다 "아… 그래?"가
먼저 나왔을 텐데. 그리고 그 "아…"를 숨기려고 에너지를
썼을 텐데. 친구가 이루어낸 것에 우울해지기는커녕 내

가 덩달아 벅차고 충만해지는 기분, 온전히 신나기만 한 기분이 드니까 나조차도 깜짝 놀랐다. 정말 후진 감정 하나 없이 이렇게 기쁘기만 하다고? 뭐지 이 기쁨은? 오히려 내가 무언가를 이루어냈을 때보다 더 속이 시원하고 행복한 느낌이다. 그 기쁨에는 나의 괴로움도, 걱정도, 그 무엇도 없으니까 그저 책임 없이 기뻐하기만 하면 그만이다. B는 앞으로의 인턴 생활에 대한 걱정과 불안함이 있을 테고, J는 그동안 너무나 힘들었던 취업 준비가 끝난 데서 오는 허무함도 있겠지만 나는 그런 것 없이 그냥 기뻐하기만 하면 되고, 좋은 부분만 축하하면 되니까.

어떤 특별한 계기나 깨달음 같은 게 있었던 게 아니어서 이 갑작스럽고 당황스러운 변화가 대체 왜인지는 알수 없다. 그냥 나에 대한 근거 없는 확신이 생겨서가 아닐까 어렴풋이 추측만 할 뿐이다.

생각해보면 내게 변화는 유레카나 번개를 찌르르 맞아서 깨달음을 얻는 순간같이 갑자기 천지가 개벽하는 모양새가 아니라 시나브로 찾아오는 것 같다. 그래서 알아보기가 힘들고, 그렇게 늘 같은 모습인 줄 알고 살다가, 어느 뜬금없는 순간 문득 '어, 이게 정말 내가 맞나?' 인식하게 되는 것일 뿐이다.

'가까운 이들의 행복을 진심으로 축하해줄 수 있는 모습'이야말로 늘 내가 그려왔던 이상적인 어른의 모습이라서, 어쨌거나 지금의 내 모습이 꽤 마음에 드니까 '왜'에 대해서는 그리 깊게 생각하지 않기로 했다. 지금의 이 기쁨들을 잘 기억해두고 즐기고 싶다. 내가 이런 상태일 때 주변 사람에게 기쁜 일들이 마구마구 생기기를 바라면서.

누군가의 성취가 나를 우울하게 할 때

초판 1쇄 인쇄 2023년 3월 27일
초판 1쇄 발행 2023년 4월 7일

지은이 유아란
펴낸이 정지은

마케팅 윤해승, 장동철, 윤두열, 양준철 경영지원 황지욱
디자인 this-cover.com
제작 삼조인쇄

펴낸곳 (주)서스테인
출판등록 2021년 11월 4일 제2021-000166호
주소 03997 서울시 마포구 월드컵로20길 41-7 1층
이메일 sustain@humancube.kr
편집 070-7510-8668 마케팅 02-2039-9463 팩스 02-2039-9460

© 유아란, 2023

ISBN 979-11-978259-7-2 03810

• 인쇄·제작 및 유통상의 파본 도서는 구입하신 서점에서 바꿔드립니다.
• 이 책의 전부 또는 일부 내용을 재사용하려면 반드시 사전에 저작권자와
  (주)서스테인의 동의를 받아야 합니다.
• (주)서스테인은 (주)휴먼큐브의 계열사입니다.